GAEA

Gaea

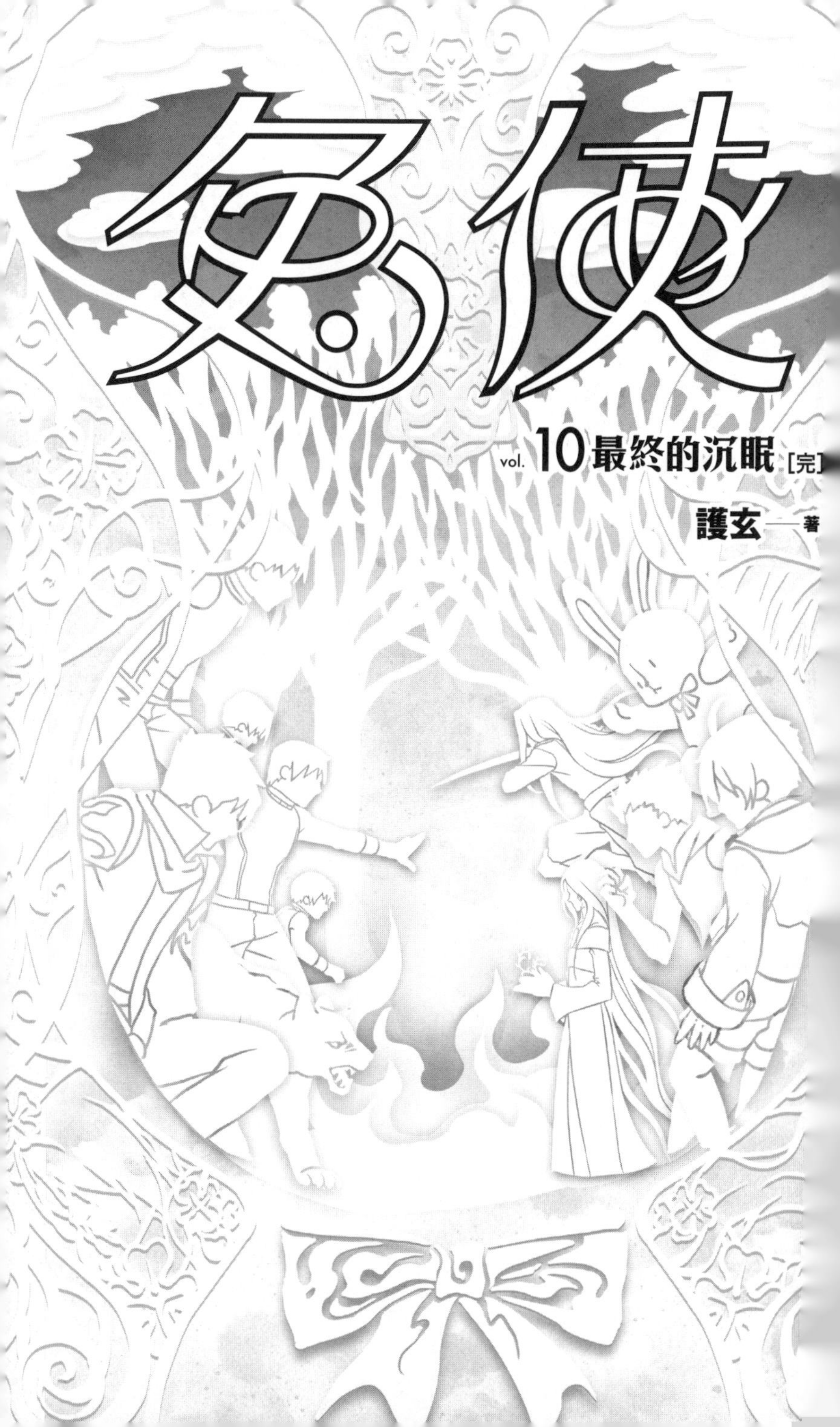
兔俠
vol. 10 最終的沉眠 [完]
護玄——著

兔俠

vol. 10 [完]

目錄

人物簡介
CHARACTERS

青鳥．瑟列格▼第六星區
金髮碧眼、擁有一張娃娃臉的20歲熱血青年。
喜愛正義、討厭壞蛋，夢想成為正義組織的一員！

琥珀．沙里恩▼第六星區
黑髮，擁有罕見湖水綠眼眸的16歲少年。
個性冷淡、有點不善交際。

兔俠▼第七星區
處刑者。性別男，大白兔布偶，白毛紅眼睛。
非常認真嚴肅，忠於自身信念。

黑梭▼第七星區
處刑者。黑髮褐眼，變化後轉為紅眼。
看似輕佻，但其實相當會照顧人。

茆・菲比▼第六星區

處刑者。金棕色的長髮與雙眼，是個可愛的少女。開朗、大而化之。對自己人很好，有點排外。

沙維斯▼第六星區

霸雷能力者，曾失去一段記憶……眼與長髮都是淡灰色。冰冷不易親近，堅守正義。

噬・巴德▼朱火強盜團

朱火團長之一。黑髮褐眼，左臉有火焰圖騰。為了達到目的，可以使用任何手段。

美莉雅安奈・巴德▼朱火強盜團

朱火副團長之一，橘髮褐眼，左臉有火焰圖騰。冷漠高傲，只服從噬的命令。

波塞特▼第六星區

芙西船員。炎獄能力者。年幼時曾被擄至實驗室進行研究。
個性大而化之、容易衝動的熱血青年。

海特爾▼第六星區

波塞特兄長，在佩特的餐廳當服務生。
個性溫柔親切，但體內被藏有「鑰匙」而生命遭受威脅。

第一話▼▼▼初始回憶

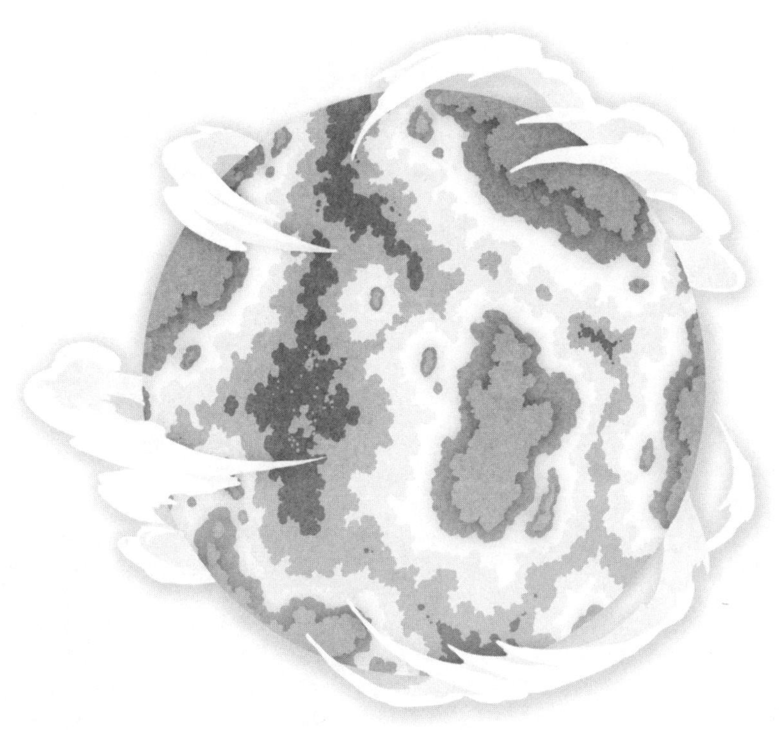

他從一片微淡的綠色中睜開了眼睛。

茫茫水波包覆著他的身軀，輕輕地顫動了下，隔絕外界聲音的生物液態連結水中傳來了女性低語般的嗓音——

「生物資料庫同步率：69%，神經元系統連結完成進度76%，細胞複製進度84%……」

「今天先到此爲止吧。」

快一步看完眼前打開的進度列表，他打斷女性一貫輕柔的報告，生物液中幾乎看不見的細細光絲暗下了光芒，脫離連接的身體，慢慢往四周收捲回去。他等有些稠的傳導液退乾後才起身，披上人造人遞來的外衣，踏出生物槽。

「五年的時間，目前統一進程平均爲67.96%，距離您設置的時間排程誤差僅有0.2%，按照這樣繼續推進，應能在理想時間中完成。」淡淡的纖細身影從白色牆面中走出，帶著一抹微笑，「直至今日還未產生任何異狀，一切都在您的掌握之中，阿克雷。」

看著虛擬影像，他勾動嘴唇。

雪白的室內沒有其他人，生物槽在完成工作之後便自行收納回地面，幾顆醫療用小球快速在旁邊旋轉飛舞，例行性地檢視他的身體狀況，並提供一連串報告。雖然是太空航行，不過每個人的身體資料全都輸入系統中，各別規劃了適合的營養需求，所以健康狀態基本上非常完美。

不過他的數據並不僅僅普通的健康記錄如此簡單。

「最後一個階段必須等到抵達新世界後才能完成，目前太空資源優先使用在人類延續上，如果到不了終點，剩下的也是無意義了。」確認數據沒有任何問題，他點點頭，轉向一直站在後方的虛擬人影。「預定排程結束後，『計畫』暫時凍結，等待星艦落地、初步社會建立之後再重新啟動。」

「好的，如同您所預定。」

那些醫療小球從身邊散開，飛入牆面被吸收進去。他踏出房間，無人的通道連點航行中的聲響都沒有。一揮手，通道壁面立刻化爲投影顯現出星艦外的景色。一如往常的太空景象，寂靜的空間中偶爾飄過一些太空垃圾或破碎的隕石，還有不明的毀壞小飛行船悠悠哉哉地擦身而過。

不知道哪天他們也會成爲這其中的一員。

還會有好消息傳來嗎？

揮手讓一直跟在後方的影像退去，他深深吸口氣，打開了眼前的大門，走入另一個偌大空間。與通道的冷清無聲相反，這裡有著輕巧的音樂聲，不知道是從哪裡翻找出來的古老水晶音樂，讓原本死寂的氣氛多了三分恬淡的生命力。

一踏入，他看見室內同樣被打開艦外影像牆，以及在那前面、微笑著迎接他的臉龐。

「阿克雷、阿克雷，我們究竟還要多久才能見到久違的土地呢。」

日復一日，站在星河帷幕前的女性始終不厭倦地問著相同的問題。帶著耐心，帶著始終不變的期待，與輕柔愉快的聲音，讓人也不得不從繁雜的事物和思緒中回過神來，認眞地注視正在旁側微微笑著的那張美麗面孔。

「航行了如此漫長的時間，許多人早已失去希望，有些結束了生命，有些選擇長眠躲避，剩下的堅信者還能夠等待多久呢。」看著透明牆面外不變的黑暗，其中有輕慢與船艦擦身而過的大小星石碎屑，偶爾還會浮現不爲人知的宇宙異獸，探出了半個猙獰的腦袋，很快便又消失。女性白皙的手指劃過影像投射，有些遺憾地收回。

看著眞正爲現存人類擔心的女性，他微微笑了笑，「利家探測到附近存在近似母星般的太陽星系，或許這次會是我們……人類們的機會。」

也許是宇宙航行的時間太久了，子母艦隊上清醒的人類大多不堪精神負荷，雖然船艦早已像是封閉的小世界般能自主運行，甚至內建了小型城鎮模擬原先世界的生活，然而無法降落的現實還是影響著某些人，對於看不見希望的黑暗盡頭，他們身心俱疲，使用各種手段自行提前結束生命的不在少數。

自母星逃出，期盼著新天地的人們害怕黑暗不堪的結局，不想面對的人也有選擇冰凍自己、陷入長眠，以躲避這些折磨的權利，只要在沉睡結束後迎接完美的結局。

然而如他們這些運行船艦的家族操作者，依然得每隔一段時間交替甦醒，監控或指引航程，或是梳理、維修星艦內日常生活的各種系統避免故障，更甚者，還有些人幾乎沒有沉睡過，依舊頂著看不見終點的壓力期待著未來。

莉絲與阿克雷便是這樣的存在。

第一家族與第二家族，雖然名號聽起來如此響亮，但也必須承擔星艦上所有生命的巨大責任，不容任何閃失。

這樣的日子過了多久，他們其實也不太清楚了。

只是不斷地等待著改變到來的那一日。

雖然落地後會有很多建設工作，也會遇上巨大的變動，但是踏著地面肯定會比流離不定的漂泊好很多。

他們的交談止於短短的三言兩語，原本應該如平時般把那些落寞按回心中，打起精神粉飾太平，然而匆匆來訪的聲響打斷了這份平常。

「阿克雷！」

青年回過頭，看見領航員疾步進入指揮室，並非使用影像溝通系統，而是本人直接來訪；那是利家年輕一代的繼承人，經常親自帶著數據在這裡出入，有條有理地爲大家解說各星系與星球分布，就連莉絲都記得這人。

「十星？」

「領航員專屬的探測機甲方才回來了，我分析了生命最活躍星球的各方面數據，這次或許……」興奮到說不清楚話語的青年連忙將手上全部報表傳遞給兩人，「雖然大氣構成成分不同，但我們的技術足以克服，這和先前那幾個星系不同，希望非常大。」

快速仔細地看過探測機甲帶回的星球解析，阿克雷與莉絲對看一眼，兩人都在對方眼中看見了光芒。

「我們能夠降落在新世界！」

「真的嗎？」

輕輕淡淡、不屬於現場三人的聲音從指揮室陰影中傳來，這讓他們大大吃了一驚，就連擁有「特殊能力」的莉絲都沒發現有陌生入侵者，而星艦近乎無懈可擊的監控系統也沒有提示他們空間中多出了一人。反射性地，第一家族的主人擋在阿克雷與利十星身前，指尖撚來灼熱的力量，隨時可以燃起燎原烈火抹煞意外的來人。

「我不是你們的敵人。」隨著黑暗中的人影慢慢走出，正在蓄積力量的女性驚愕地發現自己的火焰竟被對方給抽走……沒錯，像是吸引般被抽走，然後吸收殆盡。

莉絲面上表情不改，但心中已極爲震驚，這種簡直與第一家族相似的奪取能力除了阿克雷之外，從未有人知道。第一家族的特殊能力是最高機密，系統中甚至設有關鍵字，若有人刻意搜索都會被監控，可現在卻有人能夠從奪取能力者身上奪取力量。

那個深埋家族中、長久以來幾乎被忘卻的傳說突然甦醒過來。

「當時果然還是留下了不少實驗品，『神』就是一堆說謊的騙子，早知道砸光他們的實驗室先。」

從黑暗中走出的是名少年，看似不過十七、八歲的年紀，卻有著美麗又深邃的綠色眼眸，略微挑染的的黑色頭髮與不符年齡的沉穩氣態，一身母星古老服飾打扮，與現在星艦上的人類格格不入。

「這次應該是我的吧。」從少年身後探出頭的，是名年紀似乎更小一些的男孩，火焰似的張狂紅髮與血一般的眼眸，瞬也不瞬地盯著第一家族的族長。「混血啊，好幾代了，不知道又是哪個『父母』製造出來的，回頭打他們一頓！」

「人家看起來還比較偉大。」冰冷的冷嗤聲來自於黑髮少年另一側，是個更小更小的孩子，也不過七、八歲模樣，白髮紫眸，眼下還有一道淡淡舊傷疤。

……入侵控制室的不是一人，是三人。

這點讓阿克雷一身冷汗，不明白為何蘭恩家的系統毫無示警，也不知道古老打扮的三名孩子究竟是從哪裡出現的，他們身上甚至完全沒有任何星艦的標記或通行證，照理來說不可能在星艦中來去自如，更別說戒備最為森嚴的母艦。以往如果有這種入侵者，早在觸碰到星艦外殼之前就被掃成灰燼了。

「別鬧了，還好有找到，可是看樣子不好回收。」黑髮少年端詳著莉絲，接著目光帶趣地看向了被護在後頭的阿克雷，「你們想要去新世界嗎？機器人降落的那個地方不適合，那是野獸的星球，你們還沒降落就會在天空被天空龍撕成碎片啦。」

「……可是我們也打掉一隻天空龍啊。」紅髮男孩咕噥著，「要寄回去給阿汗玩。」

少年直接往男孩頭頂一壓，「不要寄活跳跳的，至少打個半死不活。」

「好，聽弟弟的話。」男孩點點頭。

「你們究竟是……？」阿克雷見對方沒有攻擊的意思，便拍拍莉絲的肩膀，讓女性稍微放鬆。「如果無法下降，爲何探測機甲能順利帶回星球樣本？」

「喔，因爲我看那東西好玩，帶下去的。」紅髮男孩立刻回答，「然後又丟出來啊。」

「……？」阿克雷覺得自己無法理解對方的話，有點超出他的認知。

「總之，如果你們很想要找到新世界，那地方不適合。」黑髮少年沉思了一會兒，「附近倒是有地方可以，那裡的種族比較溫和，是綠色種族的星球，好好溝通應該沒啥問題，可是能放心讓人類下去嗎……」

「你也是地球人類嗎？」阿克雷細細看著少年們的打扮，雖然很古舊，但確實與母星數百年前曾流行過的青少年喜好相符。簡易的襯衫與現在看起來布料顯得僵硬的牛仔褲，一雙短靴和隨意穿著的薄外套，看著並不像什麼大人物，反倒像鄰居孩子下午閒散走出家門，在階梯上或是球場懶懶曬太陽似的感覺。

「是啊，不像嗎？」少年微笑了下。

「地球的青少年不會在宇宙中隨便入侵星際航艦。」阿克雷儘可能讓語氣輕鬆些，不想太過驚動這些不知來意的訪客。「你究竟是……」

「別問，你們永遠也不會記住的。」這次，少年的笑讓阿克雷三人感覺有些落寞，但說不出所以然，不過那笑很快就被收回，彷彿錯覺。「就當我們是普通的星際流浪者吧，走得閒了，隨便進來逛逛。」

阿克雷苦笑了下，普通的星際流浪者也不會那麼簡單就進到別人母艦主控室裡「逛逛」。

「你知道附近更適合人類居住的地方嗎？」利十星的注意點放在少年剛才說過的話上，他攢著手邊的數據，巴不得盡快和對方討論。「既然同為地球人類，你也知道我們搜尋新世界已久，我們必須盡快找到能安居的土地，才能將地球的血脈延續下去。總有一天，未來的子孫們在地球重建期過後，才能回到屬於我們的眞正家鄉。」

「可是，換句話來說，你們現在是要入侵別的星球生命的家鄉喔。」黑髮少年的話讓三人一愣，他露出淡淡的笑，沒帶任何惡意，卻給人一種難以靠近的冷漠。「我很明白地球人會做出什麼事情，降落之後拿到土地，很快就會開始爭奪資源與擴大發展，接著工業時代來臨，緊接著現代化科技，最後人造物全面覆蓋星球，所有東西都會被改變，讓原始生命幾乎無法留存。這也就是『全面侵略』。」

「……」少年的話的確讓人無法反駁，就連智慧被推舉全星艦第一的阿克雷也難以辯駁。歷史不斷前進，但最終的發展軌道全部相同，人類踏地之後緊接著而來就是開發、發展，抹消一切最原本的痕跡，將世界覆蓋成「人類的世界」。

如同他所說，對那個星球的原本住民而言，這是來自於外太空的全面侵略吧。

「難道人類就不能在地球以外的世界活下去嗎？」沉默了半晌，利十星不死心地追問道：「我知道人類一定會發展，可是這也是爲了存活，我們就不能活下去嗎？」

「可以呀。」少年一笑，讓三人一愣，「雖然希望渺茫，如果和我做個約定，我可以幫你們指引方向，這也算是我最後爲人類做點事情吧。」

「什麼約定？」阿克雷回過神，按下了剛才在腦袋中快速擬定的幾十個計畫。

他原先是想著，眼前這少年完全不知道來歷，但顯然附近很可能眞的有適合人類的「新世界」。爲了諸多考量，即使對方不願意告知，他或許也能夠使用其他手段……

「我可以幫你們與那個星球的綠色種族溝通，可是人類只能在約定的土地上生活，不能侵擾其他種族生存，你們可以和他們往來，但是絕對不可以奪取他們的世界。如果願意遵守承諾，我可以告訴你們通往新世界的方向。」黑髮少年微笑著，「你們覺得呢？」

阿克雷皺起眉。

「可以！」女性的聲音打破了凝重的氣氛。莉絲開口：「我會讓他們做到！新世界什麼的，很重要，非常非常重要，我想要大家可以在新世界活下去。」

「……妳倒是很喜歡人類。」少年帶著有趣的目光轉向莉絲，「看來妳的摧毀本能在多代混血中被洗淨了不少，這也還算不錯。」

「不，因爲我喜歡阿克雷，只要阿克雷喜歡人類，我也會喜歡人類。」莉絲毫不畏懼地看著對方的綠色眼睛，卸去了一開始的警戒與內心中隱隱的不安。「我知道您是哪位，您是我們的起源，也將帶走我們，但是在那之前，我想和阿克雷一起建立新世界；如果這些願望沒有達成，我們不願意離開，也死不瞑目。」

少年沉思了半晌，與紅髮男孩對看一眼，之後開口：「好啊，既然妳都這麼說了，那就讓你們試看看吧，希望『新世界』不會讓我失望。」

以玩笑般的語氣說完，阿克雷三人的隨身系統立刻浮現一組座標，那是越過了漫長星河之後，全新世界的所在座標。

「第一家族，就先好好地在這裡生活吧，直到你們哪天受不了了，我會再來找你們的，千萬別忘記新世界的承諾，別讓我又一次對不起綠色種族。」黑髮少年如此說著，臉上似有若無地浮現一抹無奈的笑意。

「等等。」阿克雷喊住了少年，「我可以私下請教您一些問題嗎？」說著，他微微看了眼身邊的女性及領航員，兩人立即明白他的意思，不用開口便先退下，很快地離開了中控室，就連一些監視系統也全數被暫時關閉，隔離出隱蔽的空間。

少年既然沒有扭頭離開，便是在等他開口，否則眼前這三人能輕易進入母艦，自然也可以輕易離去，不受任何控制。

「你們兩個去旁邊玩吧。」少年看了身後的兩名小跟班一眼，指指旁邊，「不要破壞公物。」

「不是公物可以嗎？」

「私物也不可以破壞。」

阿克雷耐心地等少年將兩個小孩打發去一邊，不妨礙兩人交談之後，才指引對方到控制室的小桌椅邊暫歇，接著親自沖泡了茶水並端出點心，算是簡便又遲來的招待。

紅髮男孩快步跑過來，接過少年遞給他的半塊蛋糕，又開開心心地跑了。

見兩名孩子繞著昂貴機組團團轉，阿克雷也不太在意會不會真的被破壞什麼，略笑了笑便收回視線，放回面前正悠哉喝茶的少年身上。「你們這樣有多久的時間了？」

「不知道，很久了。」少年拿了一片餅乾，是蜂蜜口味的，他勾起唇咬了口。「像你們這樣的星艦我也見過幾次，有的找到他們的新世界了；有的踏上時，裡面全是屍體和骨頭，比較常遇到的是後面那種狀況……如果你是想問這些的話。」

「是星艦群維生系統出現狀況嗎？」阿克雷愣了下，直覺詢問道。地球瀕臨毀滅的最後那些年，因爲早早有了方舟意識，所以這類要橫渡宇宙的星艦爲了能夠支援人們千百年漂泊，全都投入大量資源，有完美的自動生態循環系統與製造工廠，不論是食物、水，甚至能量都不成問題，如果星艦成爲大型墳場，多半是外力與技術故障問題。

「什麼狀況都有，被宇宙怪獸攻擊的、內戰的，你們這邊算滿和平的，都還肯乖乖住在冷凍艙，有些漂泊太久的受不了，胡亂找個星球停靠下來，沒探測清楚上頭的狀況，直接和當地住民起了大規模戰爭被打下來的也有，如同我剛才說過的。」略微思考半晌，少年有些簡化地說道：「你明白吧，就像以前地球被外星人入侵一樣，只是現在狀況倒過來。如同剛才所說，我看你們這裡還算和平，沒捲入毀滅式內戰，也沒試圖毀滅星球原住民，才會來提出建議。」

阿克雷沉思半晌，對方似乎也不急著催促他，逕自吃吃喝喝，不時還回答了幾句那個紅髮孩子的話，大部分都是令人有點哭笑不得的閒話，還有叫他不要亂拆別人物品之類的。大致整理過想法後他才繼續開口：「我也不希望新世界重蹈覆轍，到時將會製定一些克制人們的設備。我主要是想要詢問關於『第一家族』……」

「喔，那是他的同族。」

少年說著，指向了那名紅髮的孩子。

阿克雷愣了下。

「可能你們這邊的記載和我們所知有所出入，不過我們這裡確實長久以來都在尋找所謂的『第一家族』。」少年放下已空的杯子，坐在對面的半個星艦主人連忙拿過茶水重新斟滿。「到這一代，他們的血脈其實已經很稀薄了，或許你們也注意到，這些特殊能力的人雖然看起來很厲害，但是也差不多是空殼子，如果哪天人們想要推翻第一家族，其實拖他們一些時間很快就會死光。」

「……」

「該怎麼說呢，那種力量是會把身體給撐爆的，也就是所謂的崩潰；剛開始幾代還好，但是混血之後根本承受不了，如果不像他那樣擁有天生相應的身體，就只能用血肉和性命來交換了。」少年很隨意地指了指紅髮孩子，繼續說道：「我們這些年都在回收力量，儘可能排除他們過度使用，造成英年早逝。」

「那莉絲……」阿克雷頓了頓，皺起眉。女性很明顯知道對方的存在，也知道他們的來意，這點他以前倒是不太清楚，很有可能是第一家族的人認為這只是傳說，並沒有特別放在心上，而且即使出現了，他們也不打算跟著眼前的少年等人離開，所以繼續追問莉絲的狀況並不太實際，他很了解她的性子，只要是認定的，即使是錯也會不斷往裡頭鑽。

於是，幾乎算是星艦半個指揮官的青年暗暗嘆了口氣，改口問：「我會盡量避免最壞的狀況發生，那麼所謂來接走他們是什麼時刻？」

「這就問倒我了，剛剛你女朋友說等到你們新世界建立之後，我也不清楚你們多久才算是完備新世界，或許有可能他們能這樣和平地生老病死，不過度使用能力，誰知道呢。」少年勾起唇，「我本身的行程是不確定的，可能哪天在某個地方被拖住了，幾百年才又回來也不一定。我看現在人類壽命頂多也兩百上下，說不定到時候回來看到的都已經是你們的子孫了。」

「如果是這樣，那也很好。」阿克雷試想了下，微微一笑，但很快又斂起笑容。那種子孫的未來……

「所以，在我們來之前，你在做什麼呢？」彷彿看透對方內心的猶豫，少年折斷了手上的餅乾，閒談似地舔去手指上的粉末。

阿克雷心中一冷——對方顯然不是他認爲的才剛入侵，而是存在星艦中已經有一小段時間了，甚至觀察過他的行動，至少在他進行計畫一環時便到達了。

「不用緊張，人漂流久了就有點好處，身邊總是有人會學著那些超科技。」說這話時，那個白髮的孩子轉過頭，朝少年兩人點點頭。少年笑了聲，繼續道：「爲什麼你在備份自己？要製作一樣的人造人嗎？還是複製人？你想要大量『製作』自己嗎？」

「我想可能會很困難，根據超級系統解析，恐怕在製作我的複製人上，會碰到技術上的障礙。」阿克雷沒打算深說，畢竟對方還是陌生人，基於戒心，他還不太願意完全坦承自己的狀況。

「也不是什麼技術障礙，就只是基因反抗非血脈複製而已吧。」少年見對方明顯一震就知道說對了。「你的直系後人想要繼承你的大腦還是很容易的，看怎麼操作而已。」

「你到底……」阿克雷捏了捏手心，覺得出了不少冷汗。

「雖然不明顯，不過你們應該是智力類型的基因能力改動者吧，不知道你是幾代，以前在地球上有很多造神計畫……也不能說地球，應該說某些存在都有過造神，那些實驗

體到處都是，讓我們到現在都還在收拾。我覺得嘛，新世界肯定也會重蹈覆轍，未來必定也是神降臨一般的超能社會。話說回來，既然你會這麼說，那就是你的基因能力碼裡面有某些防範鎖，沒辦法百分之百做出一模一樣的『你』，但是能移植你的腦部記憶作爲資料庫，你應該是在做這部分吧，以防你哪天死了，腦子裡的東西沒得留下來。」少年絲毫不介意對方眼神中出現的淡淡嚴肅，與幾乎難以發現的殺意，相當自在地說著：「但如果你想進一步做更後續的事情，我勸你最好不要。最好別將會讓自己後悔的事情禍害到下一代身上，你的後代會恨你。」

「我不明白你的意思，爲了新世界奉獻自己是理所當然，不管是我或莉絲，都早已決定將生命獻給新世界，不管是幾百年、幾千年，我都會想辦法監督人們走在正軌上。」阿克雷按下那種被揭破某事的不適感，調整自己的情緒，嚴肅回應：「既然答應你，那想必我執行的計畫會非常適合……」

「你搞錯了一件事情。」少年抬起手，打斷對方彷彿要以身獻祭給什麼一樣的話。「你們……一直都說爲了人類好還是爲了什麼好，但是有想過別人的感受嗎？莉絲也好，你自己有可能會繁衍的孩子也好，你要讓他們也成爲祭品的一部分嗎？」

「我可以爲了新世界獻祭。」阿克雷異常堅定地說，忽略心中某一處的小小動搖。

「喔好。」少年站起身，彈掉手上的粉屑，露出好像要告辭的表情。阿克雷也連忙起身，正想著是否要按照正常程序送客時，冷不防臉上炸開了劇痛，伴隨一句從古至今經典流傳的髒話。「我去你媽的。」

少年甩甩拳頭，臉色平淡得好像剛剛揍人的不是他一樣。「以防你兒子揍不了你，我先幫忙打一拳。」

「……」阿克雷摀著腫起來的臉頰，一臉莫名。

本來在不遠處亂逛的兩個孩子走過來，紅髮的拍了一下少年的手臂。「為什麼每到一個地方你都要自己打別人一拳啊？我可以幫你打啊。」

「你打的話他們可能腦殼都爆了。」少年冷笑了聲，「走了。」

說著，三人就像來時一樣，悠悠哉哉地緩步走入黑暗，光影折射產生的黑影似乎成為他們的羽翼，慢慢將他們的身影刷淡。

「請問您究竟是——！」在身影完全消失之前，阿克雷急急追問。

少年笑了，聲音既淺而淡。

你們永遠都不會記得我是誰，但或許你們在踏上新世界後，會記住清晨的第一道光。

第二話▼▼▼墜落

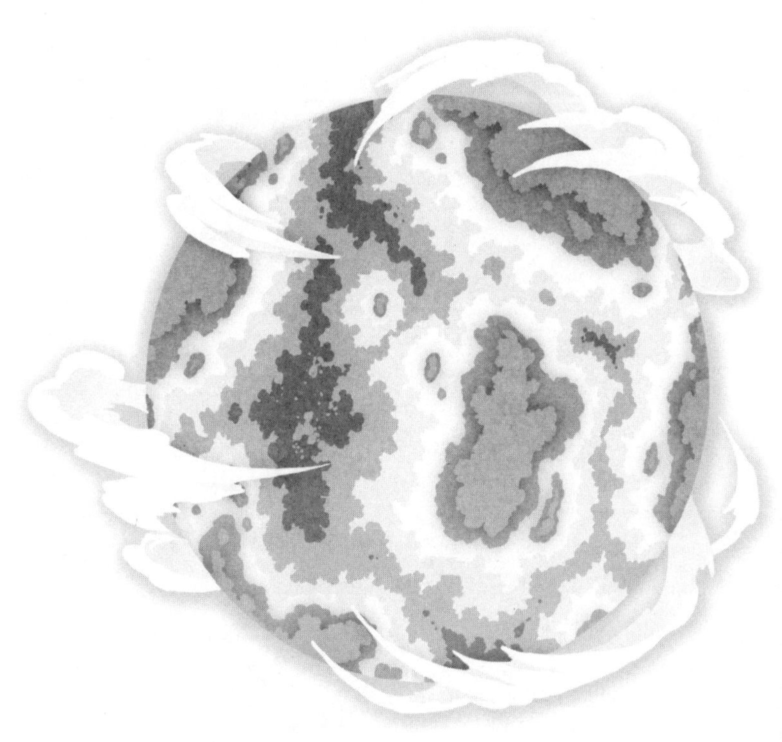

那便是，最早關於「起源神」的眞實記事。

當時起源神不知道的是，就算有多麼離奇的力量會抹滅他們的記憶，又或是影響所有電子設備，讓那些電子記錄都成了雜訊，一開始就察覺不對勁的阿克雷依然以他的才能，硬生生在那些雜訊中恢復了些許片段對話，還進而在自己的記憶深處挖找出相關談話畫面。

而莉絲或許是擁有第一家族的奇特力量，雖然記憶也有所變動，但還保留了一部分印象，不過就僅限於最初見面那時。

雖然很少，但還是強硬留下了片縷原本很可能會被未知力量抹滅的眞相。

自始至終，他們都不知道所謂的「起源神」究竟是誰，但利家在座標中找尋到新世界，輔佐兩大家族帶領所有星艦脫離了漫長久遠的漂泊，終於能夠停留在土地上，讓人類擺脫無法到岸的恐懼，在新天地中建立起新的社會，這點無法磨滅。

安定之後，屬於新世界的戰爭與爭奪便逐漸揭開序幕，如同母星過往的歷史。

琥珀慢慢睜開眼睛，從阿克雷最後釋放的記憶中回過神來。

人類崇拜光神並不是沒有原因的，他們從來不知道「神」長什麼樣子，但是當時每個人類都記得新世界第一道曙光；即使當下的空氣結構令他們無法離開星艦，只能等待探索部隊初次落地與回報，但清醒的人們打開星艦所有能看見外面世界的窗戶、視窗畫面，自黑暗中，淚流滿面地看著深色的天空轉爲藍，直到金色的光芒像是刀刃般撕裂了空中的帷幕，穿透他們許久以來的不安，把那份對於失去母星的絕望與脆弱切割開來，徹徹底底品嘗到眞正的希望滋味。

不論起源神的傳說是否眞實，當時的那道光，即是所有人類心中的「光神」。

而眞相，就這麼保留在某些人的心中，不被人類所知，人類也無從得知。

難以解釋的事物，就這麼淡淡地消失在新的歷史長河當中。

人類遵守約定了嗎？

並沒有。

如果光神重回此處，想必是很失望的吧。

就算如此，琥珀還是想要將「某些事物」繼續保留在這個星球上，即使多麼罪不可赦，一定都還有他們能夠存活下來的價值。

「我認爲，『起源神』或許與我們所想的相同。」

正在思考，旁側傳來淡淡聲音。琥珀回過頭，看見背對自己清理程式的伊卡提安，接

著青年繼續說道：「如果『神』有意收回這個世界，或許早在他回到這裡時，人類就已經被傾覆，不會任由事態繼續發展。」

「……或許如此，也或許他想看我們自己滅亡，不用他髒手。」再次移除掉棘手的保護程式，琥珀嘖了聲。

「不，他行動了，就在如此近的距離當中，除了『光神』以外，還有另外兩位都曾經向我們伸出援手，不論是波塞特或是兔俠等人，早已見過那些傳聞中的人物，甚至是起源神，可那三位並沒有危害任何人，而是引導所有人至此，這已說明了很多。」伊卡提安雖然看不見，不過聽著描述，也知道「神」是在幫助他們，並非莉絲等人所想的要破壞整個世界。

「我還眞希望他可以親口告訴大家他想要的是什麼，究竟要世界毀滅，還是人類存續，省得一堆人在那邊用自己的想法詮釋，鬧成這樣麻煩死了。」琥珀沒好氣地彈開不小心觸及的防護程序，那一小段數據發出了哀嚎後，就被病毒給吞噬，委屈可憐地屍骨無存。「就算礙於什麼神的禁忌，還是神有什麼規定，至少可以說一句他要或是不要這個世界。」

雖然有阿克雷的記憶，也明白父親多麼崇敬起源神，但他還是覺得很麻煩。神把爛

攤子扔給人類，既不告訴他們能否生存，也不告訴他們是否至此滅絕，整個星球的人類彼此爭奪，生命不斷在消亡，神卻一聲也不吭。

「呵……或許，神也無法決定生命的去向吧。」伊卡提安停頓了半晌，思索後還是說道：「蘭恩家一直保存著阿克雷的複製基因，並將其植入每代選出的幾名族人當中，希望你不會太過介意。」

「我知道，這是爲了在這天到來時候，你們可以方便進出星艦。」琥珀倒不覺得這有什麼好介意的。

雖然蘭恩家複製的基因量很少，但已足夠讓母艦辨識出這是第二家族的相關血脈，若沒被強行更改設定，那些人造人是不太可能去破壞有阿克雷本人可能性的「嫌疑犯」。

「嗯。」

「不過這個眞的很難解除。」聽到旁邊的輕笑聲，琥珀沒好氣地白了眼對方，「我是說眞的，蘭恩家難道沒有想辦法弄個輕鬆簡單快速的方式嗎。」

「拖上宇宙星河，炸了。」

「……」的確夠簡單快速。

「聽見阿克雷親口說難解我便放心了。」伊卡提安淡淡說道：「我正以爲是我的能力

過於不足，少了一雙眼睛還是會令人吃力些，我滿腦子都是直接輸入影像的系統數據，有點頭暈腦花。」

「比外面那些傻蛋好多了。」琥珀再度嘖了聲。

與此同時，守在門外的兩人並不知道自己正被保護的人冠上傻蛋之名，非常盡責地認眞擋在門外。

這段期間，四周不斷傳來各種大小警報聲，在看不見的星艦之外像有著各式各樣的爭鬥，讓原本想要擁進來包圍他們的人造人不知爲何有了忌憚，全都堵在廊外，暫時沒進行襲擊，原地待命且虎視眈眈地盯著他們。

而強盜團的人氣息更是突然消失，不知道潛藏到哪裡去了。

「看來你們這段時間也眞遇到不少事情。」倚靠著冰冷的白色牆面，黑梭警戒著周邊隨時變化的氣味，邊檢視手邊的能源武器。少了毒霧禁制後，他一一將這些原本必須壓抑性能的兵器調高殺傷力。也不知道荒地之風那邊是不是早就預料到會發生這樣的事情，替他們準備的武器都比照前世代規格，可以解放最大能量，讓火力比之前遠高了數倍不止，人造人撲上來的話可以一發崩碎他們半個身體。

「唔……是也還好。比起來，你真的沒關係嗎？」有點擔心地看著身邊的處刑者，青鳥沒忘記先前他差點死掉的模樣，現在仍然覺得很驚險，尤其這人還沒恢復就又跑回來前線，不知道能不能支撐得住。不過撇開這點不談，青鳥對於黑梭再次歸來，依舊感到很高興，畢竟從一開始便認識了兔俠組織，在心裡總是有點特別的存在感。

就像是有點雛鳥情結吧，畢竟最開始就是他們出現在自己面前，然後開始了這亂糟糟的一連串旅行。雖然黑梭並不是最強的處刑者，大白兔也不是最頂端的能力者，但青鳥就是覺得他們已經很親近了，像是關照自己長大的兄長們一樣。

「嗯，別看我這樣，基礎輔助還是沒問題，至少不會扯後腿。」黑梭想了想，看著自己還沒痊癒的傷處，笑出聲：「大概吧。」

青鳥看著對方，也無聲地扯動了下微笑。

「不過事情要有始有終才行，一開始是我和兔子把事件弄出來的，那麼我們至少要陪你們到最後。」黑梭騰出手，拍拍青鳥的頭，就像寵溺自家小弟弟一樣。「最初還真沒想到會變成這樣，看見請願主啊……琥珀是『阿克雷』什麼的，當時真的想像不到。」

雖然早知道所謂的「神」便是最初的人類們，黑梭幼時難免曾想過為什麼總是無法得到神的救贖，那些屬於心靈上的寄託、逃避某些現實的扭曲幻想曾經高高在上，卻沒想到有一天會存在於自己身側，而且既平凡，又不怎麼樣，還讓他揉捏過好幾次。

還來不及感到有點失落，他先意識到的是啼笑皆非，難怪以前許的願望從來沒有好好實現過；所謂的「神」這麼小，又這麼任性、還挑食，看來光是要照顧自己就很花力氣了，難怪無法實現人們的願望。

一個請願的主神都如此了，其他的初始神估計也差不多都是這種倒楣的樣子吧。

「我現在最大的體悟，就是人果然要腳踏實地，老老實實地靠自己好好做人。」黑梭甩了下能源槍，插回槍套。

「就是啊，一個傳說的神是那樣，另一個傳說的惡神還是這樣，感覺都很不牢靠。」青鳥望著天花板，誇張地嘆了口氣。「而且這次事情過後，我要把弟弟帶回家了，所以其他人還是好好做人吧，琥珀感覺當不了偉大的神，不然就是五分鐘馬上火大暴怒，直接叫別人去死，可能會創下史上最高賜人類死亡的神祇記錄。」

「沒錯沒錯……」

唰的聲，原本緊閉的門扉突然打開，讓原本正在說別人壞話的兩人瞬間閉上嘴，有點冷汗地轉過頭，幸好站在門後的不是剛剛他們討論的大魔王，而是不知道爲什麼離開系統協助的伊卡提安。

「發生什麼事了？」黑梭立刻站直身。雖然在說笑，不過他一直警戒著附近人造人群的動向，應該不是那些東西靠近的緣故。

「我要去輔助控制室一趟。」伊卡提安淡淡開口：「就在右側走道盡頭，很快便回。」

「需要幫……」

「不需要。」打斷了黑梭想要幫助的詢問，伊卡提安停頓了半晌，說道：「往後還有許多事情你們得費心了。」

「？」

「？」

黑梭和青鳥一時沒反應過來，顯然也不打算解釋的人很快越過他們，逕自走去目的地。

與身邊夥伴對看一眼，青鳥打起精神，繼續顧門的任務。

□

古老家族之一的蘭恩家一直相當避世。

身為第二家族的他們原本應該擁有無上權力，畢竟是阿克雷的起源家族，而且在他死後也有很長一段時間為人類社會做出許多貢獻，無論被一般人所知，或是不知。如果他們想，蘭恩家恐怕能掌握的不僅僅是多萊斯的第一星區，而是過半大地。

然而他們家族流傳著戒訓與使命，從一開始，蘭恩家有計畫性地分裂為兩個家族，一在蒼龍谷，一在荒地之風，試圖與自然共存，並從旁觀察這個世界的發展。收斂起原本工程師家族幾乎能覆蓋世界的廣大羽翼，在世界開發到最高點時急流勇退，隔著一道牆，冷眼看著新世界發展，記錄並等待傳聞中將回歸的人們給予最後指令，好協助世界存滅。

他們的目標並不是土地、利益，或是權力，甚至也沒想過要替阿克雷復仇。很早以前阿克雷便有命令，不許家族為了他的選擇做出私人報復行為，或許是好的下場又或是壞的結局，那都是他種種思考後的決定，所以蘭恩家遵守這道命令，靜靜地等待著。

等著每一次像是「琥珀」這樣的孩子來到他們面前，聽著他們的準備，給予某些新的命令或調整，然後會有如同伊卡提安這樣的指派者跟著他離開……沒錯，蘭恩家多少知道那些離開的人之後的下場，畢竟他們不曾回返，就連個人儀器也全部中斷，無法搜尋。

伊卡提安和吉貝娜離開蒼龍谷時，表面上的說法是歷練，主要任務依舊是觀察這個世界，並尋找到新一任的「琥珀」，最終將他們身上所攜帶的「物品」視情況交給對方。

雖然吉貝娜在這段旅途中已來不及看見結局。

不過肩負這些責任時，他們在旅程裡還能遇見幾名至交，在這短暫的人生當中，也還算是不錯了吧。

「出來吧。」

並未如自己所言去了走廊盡頭，伊卡提安以風抹去自己的氣味，不讓那位過度敏感的野獸能力者尋找他的無形腳印，接著飛速遠離控制區相當一段距離，才在某處空地停下腳步，轉向跟隨在自己後頭、並未被黑梭發現的能力者。

漆黑的影子自地面浮起，慢慢將己身塑形站出。

「你怎麼發現的。」粗糙的聲音緩緩響起，「第一家族抹消了我們的氣息，連那隻狗都沒有聞出來。」

「氣流不對勁，我在經過的各區域中都設下力量監控，並以風向外拓展監視附近動靜。」伊卡提安抬起手，周遭空氣開始凝結，「若不是怕傷到其他人，你們早該死了。不過，你的理智應該尚存，否則那刀命中的會是心臟，爲何違逆莉絲的意志呢？」

「……噬的家族發誓會將世界交還給第一家族，讓世界重返該有的模樣。」影鬼微微

停頓了片刻，黑影些許搖晃，像是隨時會散去，接著繼續開口：「我們沒有錯，但必須在我們自由意識下看完這一切。我的理智也快要被抹除，莉絲擁有精神能力者的力量……我效忠的是嗌，他要美莉雅好好地……活著……」

「你認爲蘭恩家會完全沒有準備，便發下豪語要毀滅『惡神』嗎？」說著，伊卡提安側過臉，感受到另外一種存在穿過他設下的防壁。

「喔？我倒是很想知道卑鄙無恥的蘭恩家預備了什麼骯髒的手段。」

自空氣中浮現的女性居高臨下地看著青年那張令人憤怒的熟悉面孔，「給我帶來了怎樣的驚喜呢？還得避開阿克雷，跑來這什麼都沒有的廢棄空地嗎？」

「大致上便是如此吧。」伊卡提安往後退開了兩步，手邊飄出淡藍色微光，一反先前的湖水綠光芒，水藍色的系統編碼快速圍繞他周身；原先毫無一物的空地突然回應了，並啓動不明系統，細微的聲響震動了地面。

「！」莉絲猛地瞇起眼，怪異的干擾頻率讓她的影像漸漸扭曲變形，過了好幾秒才恢復原本的樣子。

「蘭恩家也並非幾代無任何作爲，我與吉貝娜身負這一代的『任務』，在指定者出面前必先不斷尋找母艦的下落，雖然吉貝娜遭遇不幸而損失了一半的寄託，但阿克雷既然已經甦醒，想必能夠補足缺失的那部分吧。」勾起淡淡的微笑，伊卡提安雖然看不見外面的景色，不過依據風的流動，他知道陪伴阿克雷的其他人正在努力交戰，好爭取破壞母艦的時間。雖然沒有誠實告知，對阿克雷相當不敬，然而家族世代的交付便是如此，「時間緊迫了些，不過應該來得及。」

他向阿克雷說的話並不是開玩笑。

猛地明白被啓動的是什麼之後，莉絲發出憤怒的尖叫，氣憤地對影鬼一揮手，「給我殺了他！馬上殺了他！你們這些骯髒的蘭恩家！你們！你們該死！你們膽敢——」

徹底被奪取最後一絲理智的影鬼轟然炸開，像是墨般的黑影瞬間填滿所有空間，眨眼便把空地覆蓋成冥府般的漆黑幽暗，只剩下那些水藍色的光虛弱地閃爍著。

從黑暗中，緩緩出現了更爲深沉的力量。

即使看不見，伊卡提安也可以感受到先前那種與他們對峙的張狂力量，只是被操控之後，那種力量似乎變得更加強大，可能是第一家族對他動了手腳，和影鬼一樣，激發了更高的能力，也在短時間中改造了身體來應付那些爆發性力量。

兩名頂端能力者嗎……

將水藍色系統編碼按入地面，任由病毒開始應對阿克雷的系統協助啃食母艦，伊卡提安抽出長刀，周圍氣流隨之一窒，空氣逐漸稀薄。

「先前不想傷到其他人，但若只有我們，那也不要緊了。」

□

空氣中的警報不斷持續著。

第七星區遭到來路不明的巨大船艦闖入後，該區域遭到了幾乎毀滅性的衝擊，許多生物被重壓後喪生，遭撞擊的土地更是引起強震與地崩，附近一代山脈、丘陵崩垮，餘震傳遍整個第七星區，就連最遠處的沿海區域都能感受到。

星艦進入停止狀態後，原先被第七星區封鎖在外、來自各地的船隻與能力者無視聯盟軍制止……應該說，就連不同星區的聯盟軍也不受控制，紛紛衝破原先便已很薄弱的警戒線登上陸地，完全不顧此舉早就形成非法侵略，各自用最快速度前往。早前已經歷過幾番惡鬥的第七星區自然攔不住來勢洶洶的吞噬者們，第一處防線瓦解之後，各地的防守也差不多一起崩潰，第七星區像是被大量螞蟻分解的餅乾碎片瞬間成粉，一點一點地急速被運走。

人們心知肚明，掉落在第七星區的船艦是傳說中的黑島，也是最原始、人類最大的失落寶物。靠著人造人們不斷刻意散布的資訊，七大星區的和平協議不知道什麼時候失去了約束力，不論是聯盟軍或是強盜，不論是商人或普通百姓，重啓科技那瞬間便不再猶豫，爭先恐後地踐踏過沿海鄉村，碾平了農作物，以最快速度來「守護黑島」。

「感覺還眞沒完沒了耶。」波塞特看著被各種力量交織覆蓋，已完全變得暗黑的天空，都快分不出到底來了多少東西，原先該是清新的空氣也被各種啓動的機械及能量染得污臭混濁。

站在母艦外已被堆成小山丘的人造人殘骸上，看著四面八方擁來的敵人們，感覺還眞是十分刺激。

弗爾泰瞇起眼，一絲金色的光染上他的髮梢，接著他張開手掌，青白色的光急竄而出，如同箭矢朝著遠方射出。

「等等……」

還以爲對方要直接不分對象滅了第一波襲擊，波塞特才剛開口，就發現不是自己所想。光絲在一個距離外確實延展開來，不過沒有主動攻擊來人，而是像瀑布般燃燒出熊熊烈焰的火牆，範圍不斷快速變大，直到將母艦所在區域完全包覆起來，如同保護牆將洶湧推進的人潮迫得停下前進的步伐。

場面其實非常壯觀，畢竟母艦是最大的時空航行星艦，搭載了所有人類的科技與夢想，當初如果不降落在地上，也已經幾乎是一座中型城市的規模，現在這頂端能力者竟然能使用火牆包圍這座「城市」，強行與世隔絕開來。

波塞特看著，雖然嘴上不說，不過心裡很明白自己和對方的能力還是有很大一段差距，莫怪對方的傭兵團能夠經營如此之久，還被各方忌憚。

不知不覺，他心底隱隱有點佩服起這男人。

「至少斷了點雜魚。」弗爾泰感知著火牆另一面依然有不同力量正在以各自的方式試圖強行越過，不過與隔絕在外那些相比，起碼少去了大半不只。那種有能力穿過禁閉的才是他們眞正的對手，外頭那些交給來支援他們這邊的人處理即可。

「不過眞正的大魚也還不少啊。」波塞特按了按肩膀，踢開腳邊的人造人殘肢。也差不多在這個時候，後方繞出暫離去清理另一撥人造人的傢伙。他沒回頭看，語氣帶著半分慵懶地開口：「你還行吧，別打到一半沒力啊。」

甩去長刀上的紅色液體，沙維斯將長刀收入刀鞘，沒有回應略帶挑釁卻沒有惡意的話語。他發現波塞特對越熟的人越會使用這種說話方式，和最初那種抵抗排拒是不同的，所以他也不太在意，只點了下頭表示沒問題。

「看來明辨是非的正義之士並非我等所想那麼罕少。」跟隨在後的大白兔跳上瞭望平台，打開隨身系統。布偶身上早就不如一開始那般乾淨，雪白的身軀已沾染不少髒污，甚至還有人造人的血液，可更換的毛皮有限，得壓在斷手斷腳時使用，所以他就帶著這身的花花綠綠，完全不像那「可愛與希望」的處刑者代表了。

出了母艦後，不知為何，他們各自的隨身儀器又紛紛啓動了，原先被入侵的程式再次讓湖水綠的系統覆蓋，看起來是琥珀或阿提爾的協助，確認沒有危險性後，他們很快聯繫上布置在第七星區各方的協助勢力。

雖然黑島重返世界、空氣被調整，與科技能夠重新啓用，震撼了所有大陸，然而還是有許多人明白事情並不如人造人所言那麼單純，很快地，各處情報網迅速重整，首先反應過來的頭腦們組成了臨時陣線，打開大型互聯網交換訊息，接著傳遞給理智尚存的能力者們與聯盟軍，在最短時間內編出能夠前往支援的隊伍，這些隊伍其實也來不及細分，構成很草率，但也堪使用。

即使如此，人數還是遠比想要爭奪母艦的勢力少上許多，不過在交換情報與協助各地攔截襲擊上，已經幫了不少忙，雖然犧牲數字不斷上升，總也還是拖著那些侵略者的大腿，讓他們走緩些。

先前合作的支援者不是那種「頭腦」，不過大白兔仍試圖將這邊的狀況多少傳遞出去，讓他們盡快分析現況，並撥人安置還未來得及撤散的平民百姓。不管黑島是好是壞，侵略者們懷抱什麼心思，眼下受害的絕對都是散亂的一般人。

沙維斯抬起頭，黑色天空中屬於他的雷電穿梭其中，不時閃爍刺眼的白色閃光，這是爲了阻止空中入侵者張開的雷網，一開始他頗感壓力，不過很快地，便有人來分攤他的壓力，最先到達的數頭飛龍展開巨大的翅膀，盤旋在漆黑的空中，打翻四面八方而來的飛行器，讓那些飛行科技才剛甦醒就如流星般四散墜落，結束它們「短暫又璀璨」的一生。

「母艦裡那些各家族的使者應該不會來礙事吧。」波塞特盯著從他們前方急速飛過的飛龍，上面搭載著蘭恩家的能力者，不過只和他們打個照面，似乎並沒有打算和他們一起行動的意思，立即便消失於星艦的另外一側，接著有好幾個沒被發現、隱身的人造人像髒污一樣被撬出來，唰地大片往下掉落。蒼龍谷不知道用了什麼方法讓他們失去行動能力，全都一腦袋砸在看不見的破碎山河當中。

「那些倒不必憂心。」沙維斯監控著母艦中能力者的力量流向，「似乎全都被囚禁了。」不知道莉絲用了什麼方法，帶來鑰匙的使者們還沒得到自己想要的東西，甚至某些人還沒開心完，就被禁錮起來，他可以感覺到能力者的力量被抑制，幾乎衰竭，然後被集體放置到某個空間內。

「還以爲利用完之後會被宰了。」波塞特嘖了聲。他不清楚莉絲留下這些人還想要做什麼，如果是他就直接剁掉，把這些貪心的傢伙們留著過年嗎？

「解除母艦並沒有這麼簡單，或許還有其他風險需要這些人。」弗爾泰看了眼自己兒子，其實連串戰鬥下來，就連他都隱約有了疲憊感，幸好烏爾的精銳也都趕至火牆外，很快便能進入會合。「你——」

話還沒說完，四人猛地站起身，不約而同露出了錯愕的目光，尤其是沙維斯。一股風以母艦爲中心猛然向外掀去，摩西分海般地直貫天際，將原本盤旋在上方的所有物體全都搧出火瀑之外，煉獄般的熊熊烈火如同被重物壓迫，全都往外彎下了火舌，一些來不及後退的入侵者直接被垂下的火焰噴個正著，幾個像是小蟲子碰到烈火般的劈啪聲後，生命就這樣徹底成爲一把灰燼，消失在烈炎中。

在母艦外的四人隨身儀器同時被水藍色點亮。

「你在幹什麼！」沙維斯對著通訊大吼。他和身邊的幾個人一樣貼在母艦的外甲，防禦壁打開像結界般將他們牢牢固定在星艦殼外，才沒有被越來越劇烈的狂風給颳走。這種

如同要翻捲整片山區的颶風已不是普通頂端能力者該有的力量了——這是極端能力。

水藍色光點閃爍了幾下，傳來如同往常的平靜聲音。「蘭恩家族自始至終服從於阿克雷，我們的使命一直都是協助家主。阿克雷需要我們破壞並結束，數百年來我們也研發了相應的系統，吉貝娜身上承載一套，我、伊卡提安身上亦同樣承載一套，我們爲『第三騎士．黑騎士呼列斯』，只針對第一家族系統有效，現在開始麻痺母艦運行，並進行摧毀。」

沙維斯不自覺毛骨悚然起來，伊卡提安的聲音在說完這些話之後就消失了，不管怎麼進行通訊都沒有回音。

暴風開始旋轉，在大地上抽出了固定在原地的巨大龍捲風，鐵壁般把所有擾亂全排除出去，只有母艦所在的暴風眼異常寂靜。

然後，他們感覺到了，不是母艦自主運作，而是有某種強大的力量托住了這艘幾乎一整個城市般大的星際航艦，開始一點一滴地向上飄浮，彷彿古代母星神話中的天空之城。

「鎮定點！」

波塞特用力抓住雷系能力者的肩頭。

「極端能力崩潰還需要點時間，你快過去！」

第三話▼▼▼黑騎士

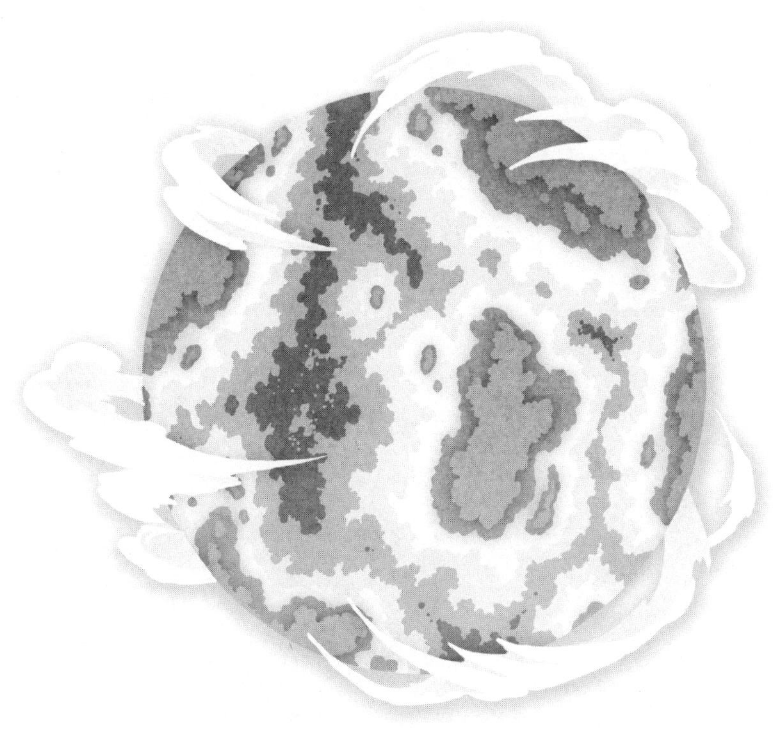

「琥珀！」

青鳥衝進控制室，手上的隨身儀器和其他友人的一樣，原本聚集的水藍色光點正緩緩消散，就像某人的一口氣在所有人看不見的地方潰散了，讓人毛骨悚然，不知道這口氣散去之後還能不能再聽見殘弱的心跳聲。所以邊上的黑梭確認定位不到伊卡提安所在位置後，沒想太多，直接就往自家弟弟的方向撞進來。

掃了眼慌慌張張的矮子，同樣聽到蘭恩家傳言的琥珀自然知道對方要問什麼。「我沒想到蘭恩家會依照雙騎士的模式開發第三套毀滅系統……」不，也許「某個他」曾經想過，所以蘭恩家才會進行這個計畫，不然蘭恩家不會干預母艦存滅。這輩子的他還來不及與蒼龍谷深入接觸，如果第二家族數百年來依然以阿克雷的話作爲運作中心，那麼很顯然這就是「他」本身的意思了。

雙騎士原本限制的是其他家族與科技，第三騎士眼下針對的是母艦，母艦在已知的所有系統中全都是第一優先的存在，不可顛覆。照這麼看來，確確實實是他本人指令的可能性居高；而且蘭恩家也從其中得到了關鍵的破解語法，花費幾十、甚至數百年來編寫這套破壞系統。

伊卡提安離開控制室後放入病毒系統的當下，琥珀其實已經發現了這東西的存在，這些系統構成非常凶暴，不單只有數據，發動時還混入了能力者的力量，像是劇毒極速腐蝕系統，完全不留後路，凡經過之處，即使是生命維護系統也無一例外地摧毀殆盡——琥珀在解除防壁時是會本能性繞開這些維生系統，畢竟這裡還有不少活人，包括他們自己。

也因爲如此，母艦內已有部分區域的平衡機組開始出現問題，原本適合人類走動的居住區域一個接著一個亮起紅燈，被判定爲急待修復的不可使用區域；隨著數據混進去的微風逐漸吸引氣流並颳大起來，某些小區域出現了縮小版的龍捲風刃，來回切割著沒有威脅的房舍、樹木，或者泥土地面。

這時候他突然了解剛剛伊卡提安所謂「拖上宇宙星河，炸了。」的眞正意思。蘭恩家眞的打算這麼做，只要他們的使者確認母艦無藥可救，就會開始執行毀滅程序，離開的處刑者正在用自己的生命來進行這個最後的任務。

「琥珀。」青鳥再次開口，有點不太確定弟弟的意思。「所以伊卡提安會怎樣？」

「……我發座標給你們，現在趕過去，到達後我會暫時介入強行停下系統運作，你們有三十秒的時間可以把他拖出來。」琥珀頓了下，他其實不太想告訴對方很可能三十秒的時間都沒有。風能力者也是優秀的頭腦，通常這些人想做的事情不會中途而廢，特別是這種以家訓爲最高指令的殉道者們。然而他還是這般開口，爲了給這些不明白的人一點安心，也好讓他們到達之後完全死心。「風系極端能力發動之後會出現眞空領域，沙維斯也正往那邊過去，要特別小心。」

「我……」

「他所在位置還有其他人，如果看狀況不對，先保護好自己再說。」琥珀以爲他的磨蹭是還想等看看有沒有其他解決辦法。

「青鳥在這邊保護琥珀，我過去。」黑梭按了下青鳥的肩膀，很明白對方的躊躇。附近的人造人倒不是問題，伊卡提安離開之後沒多久，那些人造人急速退去，不知道受到什麼指令，幾乎短短數分鐘內退得一乾二淨，竟然沒留下多少盯著他們。

因爲這裡已經不用看管了嗎？

「別囉囉嗦嗦，要去就快去。」琥珀嘖了聲，將僅剩沒多少的數據輸入。多虧蘭恩家，他本來還要花點時間解除，現在可以省掉很多事情了，只要等著中控被瓦解就好，瞬間變得輕鬆。

「小心點。」黑梭和青鳥互點了下頭，扭頭就往已經開始震動的走道跑去。

確認黑梭沒有遭到阻攔，琥珀想了一會兒後，看向青鳥，「他們估計暫時回不來了，我有些事情要和你單獨說。」

「嗯？」青鳥乖乖走到少年身邊，看他把控制室的門關上。四周氣氛好像隨著這個動作沉澱了下來，還沒問清楚要做什麼，周遭空氣錯落閃爍，阿提爾的身影平空走出，動作依舊閒適，彷彿這裡的破壞和他沒有什麼關係。

「查到了嗎？」琥珀看了眼對方，按按有點痠痛的後頸。一直全身緊繃地破壞系統也是挺累的，還不能在蘭恩家的人面前露出不那麼堅定的神色——那些信徒都以為這個記憶的主人無所不能，其實遠比他們想的還要不靠譜。

阿提爾巧妙地看了眼唯一留在原處的青鳥，悠悠哉哉地走到一旁，彷彿活生生的人類一樣，在空氣中倚著看不見的沙發坐了下來。「雖然先前幾次『阿克雷』返回時的記憶都被刪除，不過通過現在這座島上的連結系統，確實發現了一些遺留的蛛絲馬跡——你應該早就認定母艦遲早會落在七大星區，光是這個比較落後的星區的聯盟軍主機中，就有數個防範第一家族人造人的隱匿系統，只要指定的操作者適時發動就可以應變母艦在本地進行破壞的動作。可惜當年設下的守護者似乎都消失了，沒有人啓動。給我半小時，我能夠重啓第七星區上至少一半的反抗程序，至少不會被母艦病毒和人造人破壞得太嚴重。」

「什麼意思？阿克雷有另外設計保護七大星區的東西？」青鳥聽得一頭霧水，他隱約只覺得阿提爾好像是在說這個意思。

「是的，阿克雷有個壞習慣，他相當喜歡入侵別人的主機系統，當年雖是在星艦上，不過有許多工程師受過荼毒，不論是私人或官方研究開發的，都沒逃過毒手。在別人的終端逛完大街之後，還喜歡留下自己的暗程式，大多是友善的保護程序，常常有人把自己的系統搞到快崩潰後才發現阿克雷替他們設了止損點，正巧就在崩潰點之前，替工程師們減少很多損害。」阿提爾解釋道：「只是並非人人都喜歡阿克雷這種怪癖，我也不喜歡。有時候會讓人覺得是嘲笑，彷彿他完全知道運作到哪裡會死機，但一點也不提醒別人。」

「呃……」青鳥默默轉向他家魔王弟弟，總覺得這種逛大街的模式好眼熟啊。

所以琥珀經常入侵別人系統不是純粹把人家主機當成消遣在逛嗎？

「如果我會這樣做，那表示前面幾個也做過一樣的事情，但隱藏方式不一定全然相同，只是回到這邊之後，或多或少應該會交付阿提爾，所以母艦落地後我讓阿提爾用他的記錄去掃描第七星區。」果然阿提爾一掃，即使是最貧瘠的第七星區也立刻發現好幾個暗程式。琥珀上回來的時候本來想把聯盟軍系統翻個底朝天，不過那時有別的事情，所以沒有再多深入去挖掘這些刁鑽的小埋伏，看來過去那幾個「阿克雷」還是滿勤勞的。

「這表示？」青鳥左邊看看、右邊看看，不是很懂他們在打什麼啞謎。

「人造人被派出去不是只有危言聳聽這麼簡單，主要任務是接收七大星區的科技。

他們身上都搭載著系統互聯網與侵略病毒，一邊擾亂人們的視聽，一邊讓人類快速啓動高科技，越多科技甦醒他們也越容易入侵，從城市到鄉村，很快就會被病毒傳染，到時城市主機會被這些人造人掌握。目前第七星區部分地方倒是可以防禦人造人和母艦的系統感染，但是要擴大到全星區要花費一些時間，只好祈禱他們命硬一點了。」琥珀咳了聲，斂起了有些想嘲諷星區的神色，接著重新開口：「現在這裡沒有別人了，有些事情我們就老實攤開來說吧。至今爲止，學長你到底怎麼想的？我是不太相信短短幾年學長學弟的關係會讓你連命都不要，如果你想將這裡某些東西帶回去給第四星區……倒也不是不行。」

「……琥珀你知道你想讓別人退開的時候，講話都特別彆扭嗎。」青鳥沒有因爲那種帶刺的話生氣。都到這裡了，還在說這什麼鬼話，他還以爲有了「神」的完整記憶之後，會瞬間變得高人一等，看來只有講話想要讓人發火比較高一等。

「……說實話叫你們滾行嗎。」

「不行。」

青鳥看著那張和阿克雷很像的臉，嘖了聲。「說吧，還有多少時間，我是說你的時間，把這裡都處理完之後。」

「我掃描了阿克雷的身體狀況，估計不用一年就會面臨軀體崩潰。你的身體數據比起前面幾代衰弱很多，而且你這段時間裡還沒少用過能力者藥物，過度擴張的力量已經撐破好幾次身體的保護機能，應該早就有點症狀。」阿提爾假裝沒看見人類們的臉色，逕自說道：「然而比起正常的第一家族，你目前還能站著算是很不錯了，畢竟阿克雷的身體重塑許多次，負擔實在過重，就算現代的人稱你爲神，你也依然只是比較不同點的凡人，還未成年。」

「所以第一家族到底是什麼鬼？」青鳥捏緊了拳頭，覺得鼻子很酸，眼睛也有點痛，不過他很認真想知道，畢竟這事情慎重到要等到其他人都走才單獨告訴他，可能沒有第二個機會了。

「如果要用個大家都明白的比喻來說，第一家族在古代母星中原本就是特殊能力者，最早的已知記錄起於數千年前，當時母星的人類還很原始，使用石油作爲燃料。在人類歷史記錄上，就有第一家族先祖出現過的活動痕跡，但是後來這些痕跡被抹了，詳細狀況沒有留存，只知道很多先祖都從世界上消失，殘餘的數名先祖躲過一劫沒有被收拾，隱姓埋名躲躲藏藏地生存，後來與普通人類聯姻，產生混血，就這樣一代一代傳下來，直到莉絲這裡時，血脈已經很稀薄了。」琥珀停頓了下，稍微把複雜的狀況再簡化，好方便矮子吸收。「我聽說最原始的先祖是可以自由『奪取』別人的力量，並且成爲己用，這就是第一家族的特殊力量。但是現在已經不是那麼方便可以奪用，數千年的進化與彌補缺陷的過程中，第一家族多次基因改造，並維持這份能力，到這代成爲可多次注射基因能力藥物，並且短暫性地使用不同力量，或是風、火，能想到的現有能力幾乎都可運用。」

「也就是說如果你們做出了高階火能力的基因藥物，就可以一次性地使用火能力，對吧。」前幾次遇到時其實之前也說開過，加上後來遇到的，青鳥覺得自己不太驚訝，這只是把知道的狀況給統整一下。「所以第一家族從古代人類的時候就是超人類？」

「不，我覺得比較像是某種不太成功的超能實驗品，因爲『起源』似乎是突然出現的，我們並沒有非常確實的家族崛起記載，我的意思是秦漢那種更古老年代的追溯起源。而且後來還發現混血的缺陷，我想你應該也知道了。」琥珀移開手邊跳出來的湖水綠編碼，上面排列出條列的基因鍊順序。「混血越多代之後，逐漸與人類同化的身體降低強度，開始受不了各種力量的使用，直到我們肉體像普通人一樣。第一家族經常使用力量的後代已經很少能活過三十歲，更多是在成年後死亡，身體則會因爲常年接收、釋放力量而崩碎。」

青鳥反射性咬緊牙關，雖然之前聽過類似的說法，但現在再次提到，他還是有種不自覺的緊繃和憤怒。「那你……」明明知道有這種終局，還是在各種地方偷偷使用這種力量嗎？

琥珀抬起手，打斷對方的不滿。「來到新世界之後，人們先想得到的就是第一家族這種力量，但是他們不清楚承受奪取者力量的後果。也或者他們認爲能夠用基因改造來增強人類的身體，進而接受能力，不過讓他們感覺到麻煩的是，第一家族只要一死，就會潰散，只用一種奇怪的方式保存下來。」

「奇怪的方式？」青鳥愣了愣。

「就是這樣。」阿提爾在空中拉出一個畫面，那是一朵花的影像。青鳥看著這種花覺得很眼熟，接著渾身一抖，他突然想起在哪看過這東西——之前來的時候人造人空殼裡封閉的那種黑褐色乾枯花朵，只是畫面上的花近乎鮮血般殷紅，看起來非常不吉利。

「第一家族中有些崩潰的人會出現類似這樣的花朵結晶，原因不明，而大部分是完全粉碎成灰，不留下什麼。」琥珀示意阿提爾收起畫面，冷淡到好像與自己無關般說著：「雖然沒有公開情報，但是第一家族內部曾經自行實驗過，花朵結晶能夠用特殊土壤栽種或是保存，在這段期間中反向用相等的力量與生命力激活，有一定的機率能夠重新復甦該名亡者，這點阿克雷進入第一家族後曾進行過分析，但到現在還是無法找到眞正的原因。

後來阿克雷研究了不同的方法，讓瀕死的第一家族介於生死之間地保存下軀體，用科學的

方式維持身體生機，不讓他們破碎，也就是你們先前看過的那些軀體，但能保存的也十分有限。」

青鳥聽得一頭霧水。「那我就不懂了，人類研究基因已經很久了，爲什麼到這裡才想要搶第一家族的超能力？後來我們這些能力者也都一樣有那些東西啊？」

「……重點不是能力。」阿提爾笑著搖搖頭。「是死而復生的祕密。」

「啊。」青鳥愣了下，猛地看向琥珀。

「嗯，我是屬於反向激活會重新復甦的『那一部分』。」琥珀不輕不重地點了下頭，「每次當我最後走到這裡，就會死亡，之後莉絲會用母艦所有能源凝聚生命力量，喚醒類似花的結晶，可能是因爲能源不足，又或者是原始設定如此，往往都是以幼童或嬰兒型態重新歸來，莉絲便把『阿克雷』的記憶置入分段揭開，隨著成長同時觀察整個星區走向。」

說著，少年停頓了下，抬起頭，面上雖然沒什麼表情，不過漂亮的湖水綠眼中閃過一絲黯淡微光。「這就是『我』的由來，也就是人類最想得到的第一家族生命起源。」

阿克雷死後，人們發現即使到了新世界，科技依然無法讓他們長生不死，再怎麼延長壽命、改造身體，肉體總有一天會邁入死亡，靈魂在空氣中消散，最終什麼也不剩。

不知道第一家族的祕密是什麼時候傳出去的，又或者多少人知道，每一名第一家族的人進行聯姻時都必須承擔這種風險，就算不是第一家族或第二家族透露，旁枝裡嫁娶出去的人還是有暴露的機率，再怎樣嚴格控管都會有漏洞。

於是他們終於按捺不住貪婪垂涎著第一家族原本隱藏的祕密，直到能力者的死亡結晶被發現，人們開始了伸出想要活下去的手往第一家族抓去。

琥珀覺得，很可能他們殺害某個第一家族的人，發現他眞的會凝結成花的時候，其他人就已經在心中埋下了奪取的渴望。

都說渡過長長星河，歷經千辛萬苦來到新世界的人類們應該要有劫後餘生、互相慰勉抱團的凝聚感，然而初步安定之後，人們無法拋棄自己想要掌握一切的天性，無論是權力、地位、土地、百姓、永垂不朽的生命，隨便一個都能打碎那些虛幻的美好，將人們撕裂開來，分割成七大星區，然後再分割成幾百片土地。

「一開始就不只爲了能力、資源，而是爲了永生。」

人類，就是繼續想要讓自己長生不老而已。

□

第四星區

「總長！」

雪雀緩緩回過頭，看著雖然有些急忙，但仍然訓練有素、連步伐都踏得非常規律的親衛女將，高跟的聲音幾乎是用同樣頻率和間隔敲著地面往她走來。

上回青鳥他們來這裡瞎蹦過後，她有一陣子都在肅清那些不規矩的家族與旁枝，因爲在看見那名湖水綠眼睛的少年時，神之星區的白色聖女早就知道會有這麼一天。到時或許就連青鳥與自己有什麼關係都已經不再重要……所以她眞討厭極了那些喜歡動歪腦筋又碎嘴的其他傢伙們，比起成天在那裡想要扳倒誰，做無謂的勾心鬥角，還不如老老實實地閱讀所有原始人類們的相關事蹟，然後想想如何安穩地活下去。

「七大星區雲頂會議。」親衛非常簡略地開口。

七大星區雖然各自爲政，而且檯面下因爲家族隔閡與利益資源爭奪，大多對彼此不是很友善，但多年來檯面上的關係還是維持著和平友好，每每有關係到整個星球的重大事務時，七大星區的首長會代表各星區召開雲頂會議。上一次召開時，是空氣發生劇變、人們不得不被迫停下戰爭簽下和平條款時。

雖然這個和平條款就在不久前被他們自己破壞，旁若無人地衝進第七星區土地。

雪雀冷哼了聲。

白色聖女眼下穿著並非平常祝禱用的那種輕飄飄神仙似的雪白大袍，而是一套顯示地位極高的白色軍裝，雖然是少女體態，不過精心剪裁並設計過的軍裝仍然將她特有的冷戾氣質完全襯托出來，即使是孩子似的外表，也給人不可侵犯的孤冷威壓，和神殿中被眾人膜拜的信仰親和完全是兩回事。

這就是當總長的麻煩處，時刻得多準備幾張臉，給信徒看得淚流滿面神聖面孔，給將士看的威嚴清冷面孔，還有給那些聯盟軍看的老狐狸面孔。

「這時候還想要拉攏我們嗎。」雪雀在心中冷笑了聲，表面依舊冷得可以把牆壁凍出一層冰，她已大約可以猜測到其他星區掌位者的想法，在心中不屑了幾句。

在第四星區總長面前的，是廣大的指揮室，那些各色家族終其一生爭個頭破血流都想要擠進來的第四星區最古老的核心指揮地帶。約莫可容納萬人的大型地下空間呈半球體狀，所有壁面全分割成幾千百張不同大小的實況畫面，正以最快速度同步星球中可收錄到的各星區第一手消息。

其實七大星區還是有些低估了神之星區，崇拜古人類的現代人其實遠比眾人所知的更多，以至於在這個指揮中心裡，就連第一星區軍隊內部的畫面都被流露出來，如果雪雀眞的想幹點什麼，輕易便可掐住某些人的喉嚨，如同當時她打算毀滅掉某些不長眼的小跳蚤家族一樣，只是順手捏掉。

飄浮在空中監控那些情報的親衛們正凝神分析不斷湧入的大量情報，那些快速編織如同錦緞的訊息分流傳遞到各色家族，由各自家族進行下一步該有的應對，而核心祕密只會留在這裡，由總長裁斷。

現在張開在雪雀面前的最大畫面即是第七星區的母艦畫面。

空氣重新調和之後，高科技已可啓動應用，如同反應極快的第一星區，古老的第四星區當然也早有面對這天的應對，用不亞於科技星區的速度復甦了遠在太空上的衛星，沉睡在各片土地、甚至於海面底下的探索系統一個個飛速睜開眼睛，在過去短短幾個小時內，彷彿打開天眼般俯瞰整片大地——當然，有些同樣快速反應過來打開了防窺探系統的地方，自然無法使其曝光，例如蒼龍谷、例如自由之風。扣掉這些原先就不想打擾的，她可以很清晰地看見各大星區的應對與所作所爲。

派入母艦的使者，雪雀派的自然不是心腹人手，而是地位極高，然而對她而言可有可無，卻又在神殿中擁有一席之地的老人。那些老東西能夠進到母艦表面風光，自成一黨的笨蛋們也覺得是極佳的無上機會，說不定還可以藉此扳倒她，所以樂呵呵地去了，不意外地全都被「黑島」扣押為人質。神殿內現在那些分黨救援的呼聲非常高，端著怎樣都要救出長老地齊聲吶喊著，然而母艦生變砸在第七星區上，人造人蜂擁而出。

雪雀勾著微笑，應允了那些反黨能自行調動該家族資源前往救援——官方資源則是一兵都不讓他們碰，畢竟要防禦人造人入侵，他們有著神名軍團，可不會讓人造人像爬上其他星區沙灘那麼容易。

這下可好了，那些呼聲雖然繼續呼，但也沒人眞的聚集家族私兵出征第七星區發展拯救大業。

凝視著第七星區的現況，其餘星區的侵略者們已經不將第七星區看作獨立自治的領土，大搖大擺地闖過了無力抵抗的海防門面，一艘艘似乎比拚誰更加先進的戰艦佔據殘破的深港，蜂擁而至的場景如同嘲笑過往第七星區求援時無人聞問的淒冷。

這就是人性啊。

邊這麼想著，雪雀邊踩著裝模作樣的軍步離開核心指揮室，向上頭的大會議室走去。而那邊已經聚集了各色家族之首，正在等待星區會議的展開。

在主位上坐下後，星區連線會議隨即展開，主要內容果然是要六星區合作拿下重新出現在世人面前的「母艦」，並協同各個古老家族提出軍隊與資源編列現階段合作項目等等……他們似乎完全不覺得會被母艦裡面的東西給滅了，危機防範的細項少得可憐，多是大言不慚地認為能以兵力碾壓危險。

又或者這些重新取回高科技的人們，不認為數百千年前的母艦科技有什麼威脅，那些曾經的第一、第二家族早就不再發展，這次眞的抵禦不了被支解的命運吧。

「你們現在連能力者引起的風牆火壁都還進不去呢。」雪雀支著完美無瑕的雪白下頷，勾起一絲若有似無的冰冷笑意，看著環繞在她面前、有著同樣地位的星區總長們，以及那些同在旁側的古老家族代表。

而在這其中，並沒有最重要的蘭恩家，蒼龍谷一開始就被排除在外。

「能力者引起的也就是暫時的問題，待我們的頂端能力者到達，還有軍火兵器進入第七星區後，這些全不是障礙，那些可笑的處刑者就是幾隻連老鼠都不如的東西。」一名遠在千里螢幕之後的聯盟軍參謀長如此不屑地說道：「現在我們要著重討論的是母艦——人類最大的資產該如何妥善保存。」

他們想說的是，該如何妥善分贓吧。

母艦裡甦醒的大人物怎麼想的，雪雀雖然不太清楚，但也可以稍微猜到兩、三分。只是她不太明白，利用人造人解除空氣禁制、歸返科技，雖然會造成必定的混亂，卻不會太過漫長。人們會因為乍來的能力與科技重返而陷入瘋狂，不過卻是有時間性的，越往前的星區，聯盟軍運作便越完善，鎮壓狂亂的速度也越快，例如第四星區都已經能快速恢復過來，且也派出獵犬部隊去撲殺那些能力者；這種混亂並非長期，更別說那些懸賞名單上的人頭了。

扣除腦袋不好的一般人以外，只要有些腦子的，必定不敢在這時間去動那些人，對抗母艦是個怎樣的概念外人不知道，但是百千年前顛覆第一家族的古代家族不可能不明白，他們肯定會觀望，直到確認那些被懸賞的對抗者是什麼來路、有什麼目的之後，才會斟酌出手。

也就是說，母艦的動作對雪雀這名第四星區總長而言，其實搆不上威脅，反而大大有益——重啟高科技就是最大的利益；而聰明的人則是擅長在一片混亂中尋找利益。

母艦上的人為何要這麼做？

「雪雀總長。」一名星區代表人敲醒了第四星區總長有點出遊的神智。「對於方才的提議，第四星區的立場如何？」

這些人其實並不是來談條件的，侵略第七星區奪得母艦已是勢在必得，總的來說也只是問一句「你們要不要入夥，不合作就別礙路」之類的。

「第四星區秉持著起源神與請願主的和平冀望，我等不違背神的希望，製造無端鮮血。」言下之意就是不打算進行侵略行動。雪雀才剛說完，果然看見幾名星區談判者紛紛皺起眉，估計他們原本想要從第四星區得到大量的信仰者兵力，沒想到第四星區連考慮都不考慮，一口氣回絕。

不只會議的高層人士，就連第四星區其他參與會議者也有些驚訝地看向了總長，彷彿同樣意外這個並沒有和智囊團討論過的決定。

「白話來說，第四星區不願意當這個砲灰，各位請便。」語畢，雪雀理也不理其他星區可能暴起的憤怒，戴著白色手套的手掌一揮，會議視訊立時中斷，滿室只剩下一片不解的愕然。

「總長……這……」坐在一邊的記錄員有些錯愕地結巴開口。

「我一直認爲當時『孩子們』到來並不是個意外，也不是巧合。監督這個世界的人必然開始巡遊才會移動蹤跡，而巡遊者一動，也就代表了倒數計時被啓動了。」雪雀環顧滿室高層，有自己的心腹、也有來自於各色家族的掌權者。

「倒數計時？」其中一名女性開口，與雪雀有些相似的少女外表令她看上去很稚嫩，然而水潤的眼中卻有一份世故成熟。

雪雀冷冷地勾起嘴唇，笑了下。

還未等到第四星區總長開口，震天撼地的警報聲撕裂了一室的詭譎不安，幾名高層立刻打開極速傳來的警報畫面，不約而同被眼前所見景象嚇呆了數秒。

派出人造人引起星區混亂也不過就是個障眼法，爭取這麼短暫的時間，來啓動更能快速掃蕩七大星區的武器才是第一家族眞正的目的。

「衛星武器。」

□

「衛星武器？」

青鳥瞪大眼，完全沒想到這個幾乎已經被人類遺忘的高科技產物。

「嗯，雙騎士當初設計時原本就是要遏止其餘家族的科技和武器，當中也包括了衛星武器，不過最原始的衛星武器啓動裝置存在於星艦中，來到這個世界之後，那些凶器原本成爲第一道守護星球的屏障，因爲母艦包括啓動裝置沉下深海，家族們管理的武器分布規模不一，大多是附屬的小型航武，眞正的衛星武器一直沒被應用在戰爭之中。」

到達新世界後，星艦將太空武器分離散布在星球外圍環繞，避免在建設期受到外星襲擊，主要的武器群由第一家族主控，而其餘的附屬武器群則由各大家族分別掌握，當時簽訂了一些不得隨意動用這些武器的協定，後來在數百年之間的戰爭炸了一些，空氣改變之後，這些太空武器更被封鎖，已經很久很久不再被使用。

「目前爲止七大星區的紛爭都只維持在地面戰，我想近期曾啓動過的就只有第四星區吧……也就是瑟列格總長那小規模的『天罰』。」琥珀聽著母艦上送葬咆哮般的劇烈警鳴，隨手關掉控制室內的警告，覺得很吵。「其實前面幾個星區都還擁有自己能夠啓用的小衛星武器，只是礙於各種外在因素不敢隨意亂用；而你母親將那東西包裝爲神的天罰，因爲第四星區的地位超然特殊，加上有獨特快速收拾毒氣的手段，才沒人敢說什麼。」

「嗯，瑟列格家不知道爲什麼一直有個很小的獨立空中武裝系統，聽說是從第一代就流傳下來的，不受任何勢力監管，只聽從白色聖女指揮，裡面承載的是哪種能源系統我也不曉得，我只知道那是總長特有的『天罰』，可以代替神執行處刑。」青鳥回憶著以前母親說過的某些話，然後頓了頓，轉向少年，「不過琥珀你既然有阿克雷的記憶，那你應該知道爲啥吧？」

琥珀愣了下，微微瞇起眼睛思考了半晌，像是在回憶什麼很久遠的畫面，然後突然勾起唇搖搖頭。「打賭賭輸的——先不說這個，蘭恩家的第三騎士暫時癱瘓了啓動系統，但不表示麻痺所有衛星武器，我們要在完全轟炸發動前破壞主機核心，跟我來。」

「完全轟炸？」青鳥還沒意識過來這句話是什麼意思，一股強烈的波動突然自外傳來，力量大到連母艦中都能感到劇烈搖晃，刺耳的奪命警報再度響起。就在這瞬間，他突然發現不知道何時，原本四周許多投映外頭的畫面已被消除，幾十百個監控影像中沒有一幅投射外面的世界。

青鳥頭皮發麻。

「琥珀……」

「不要去想外面的狀況，沒有好處。」輕輕淡淡地放下這麼一句，琥珀用湖水綠的眼睛掃了眼驚疑不定的矮子。「走了。」

而在另一邊，往其他夥伴奔馳過去的黑梭也因這場震動稍停腳步，雖然被重創能力，但他幾乎本能感覺到從外面飄散進來的死亡氣息。許久以前他也曾經歷過這種大量死亡

的場面，當鐮刀揮下的時候，倒臥其下的軀體不分男女老少，只有一模一樣的赤色血液。

神在哪裡？

「嗤！」這時候還想這種可笑的問題嗎。

黑梭一槍崩開突然從角落跳出的零星人造人，猛地轉過腳步，在下個拐彎處碰上其他同伴。

宛若一道雷電瞬閃過他面前的沙維斯甩手直接以雷光切開白色壁面，裡頭像是有什麼小炸彈被引爆般，猛地發出巨響，還沒把他們這些人炸成一坨肉泥之前，衝力碰上架起的雷光火壁，竟然就這樣硬生生地扛下來。爆炸後，周圍氣流卻突然整個逆抽，大片火焰直接被反抽進壁後空間，就這樣形成了小規模的火龍捲。

「搞什麼！」波塞特眼看狀況不對，連忙和弗爾泰一左一右瞬間把火焰抽得乾乾淨淨，一絲火光都不留給裡頭詭異瘋撞的氣流。

偌大室內幾乎什麼也沒有，只有中間飄浮在空中的青年，一頭長髮已完全白透，髮絲都快可以透光一樣隨著氣流旋轉飄動，沒有焦距的湖水綠眼睛色彩變得極淡，如果不是曾經見過，會以爲他的眼珠子原本就是無色的淡淺綠，如同他現在已經快要成爲死白的膚色一樣。

而在青年面前跪著的，是極其詭異的一抹影子——眞的是一抹，影子細得差不多只剩一根筷子的寬度了，隱隱有個黑亮的東西在其中發光，光芒很微弱，感覺立刻就要熄滅。青年背後的地面上則有一大灘血液，還沒乾涸，散發出凝重的生命頹敗氣息，光看就知道，流出這種血量的人估計已經活不了了，但沒看見人在哪裡，似乎是用某種方式逃離。

「伊卡提安！收回你的能力！瘋了嗎！」沙維斯倒抽口氣，眼前的人已不只是極端能力了，而是完全透支最後的死亡力量。當時吉貝娜死去時，自己尚沒有走到這種地步，而走過這種路的大白兔已經成了那個樣子，也不難想像風系能力者即將迎來的下場是什麼。

似乎被突如其來的打擾驚動，氣流紛亂了幾秒，很快又重新迴繞在青年身邊，像是照著圓形軌道繞轉。

「來得剛好，我送你們一程吧。」淡淡地開了口，伊卡提安抬起頭，快要沒什麼顏色的眼睛直視闖進來的一行人。

這瞬間，沙維斯覺得對方的視力似乎完全恢復了，淡色眼珠筆直有神地盯著他們，帶著絲縷冷冽，像割人的利刃之風，完全看不出青年正在垂死邊緣，彷彿馬上能夠提刀再去屠滅一波人造人。

他們甚至來不及等到琥珀那三十秒的協助。

也不知道怎麼想的，當時沙維斯脫口而出：「吉貝娜的……該怎麼辦？」淡色眼睛突然抹上一層笑意。「謝謝你。」

然後他們沒再對話，連同一併到達的大白兔、波塞特與弗爾泰、黑梭等人，一群人腳下突然一空，那些氣流不知什麼時候像尖刀般硬是把白色地面刨出一個異常深邃的大坑，連給他們反應的時間都沒有，狂風捲住每個人，強行將他們按入地面深處。

將人送走之後，修復系統立即將地板完全填滿，好像從未被破壞過一樣。

伊卡提安慢慢收回手，周圍風流發出細響應聲碎散，原本扭曲的四周緩緩顯露出更多血色，大量血噴散在白色牆面、地面上，還來不及清洗乾淨，被遮掩的男人破布袋一樣甩在角落，一隻右腳已經切斷，呈現三名極端能力者最後碰撞的下場。

「……你說，美莉雅能活下來嗎？」

恢復自己意識的朱火強盜慵懶地掃了眼完全沒有反應的影鬼，吐掉嘴裡的血沫，看著一樣是風中殘燭的處刑者。

他覺得可能到死也想不透，自己可以粉碎有機生物的能力爲什麼在這名風系能力者身上無法運用。

剛才的戰鬥中，雖然是被惡神操控，不過他與影鬼其實還是有意識，知道自己在做什麼，也知道他們最大限度使出了各自的特殊能力，可造成的傷害竟然不是預估中的毀滅性，一次一次打擊之後，雖然引出對方的極端能力，但並沒有讓他出現實質的致命傷，這極端能力更像是他覺得「時間差不多了」自行激發出來。

強盜嗤了聲，覺得現在思考這件事也沒太大的意義。

他們失血的狀況已經遠超過人類可生存的極限，而且得不到治療。

伊卡提安慢慢側過頭，看著特殊能力者。「不知道，但是至少會比我們好。」

「呵……眞奇怪，我想要讓其他家族付出代價，取回我們家族的使命，卻不想讓美莉雅跟著送死。」噬冷冷地笑，他剛才和眼前青年是卯足了死勁以能力對衝，現在兩人卻又無比和平地待在原地閒聊。

「這不奇怪，如果蘭恩家要毀滅世界，我也有那麼一、兩個人，是希望他們活下去的。」伊卡提安像是嘆息般，看著最後一抹水藍光芒在角落消逝，原本被風托在空中的身體慢慢下降，直到雙腳踏在影鬼面前地面。

「你們爲了阿克雷也眞是夠拚了。」強盜仰起頭，靠在冰冷牆面，意識逐漸模糊。

「如果那時候阿克雷沒死，這世界會不會不一樣？」他們是不是不會淪落成爲強盜？美莉

雅是不是能像正常小女孩一樣生活？他與影鬼是否又只是普通人家的青年，正在哪個小店面對著外面攬客兜售物品？「我啊，其實……」

然後他笑了笑，沒說下去。

伊卡提安有點艱難地抬起頭，空中再次出現了女性的影像，美麗的面孔殘酷如冰，居高臨下地俯瞰他們。

「你們壓制了控制器，侵蝕了母艦主系統，不過七大星區還是死了將近一半的人，我那些孩子們依然很好地執行他們自己的任務，蘭恩家眞以爲能和神作對嗎？」莉絲用看蟲蟻般的視線掃了滿室鮮血。「完全打開衛星武器只是遲早的事情，爲什麼不肯老老實實地死，每次每次都要死得那麼痛苦？」

「恐怕是因爲，蘭恩家後來也想清楚了一件事。」伊卡提安覺得重新清明起來的視線又開始模糊，迴光返照的力量也差不多到了盡頭，他有些可惜自己眼中的光明時間如此短暫，又覺得這些珍貴的時間其實也挺足夠了，還讓他好好看過其他人的模樣，雖然他們臉上充滿了各種震驚，想來也是滿有意思的。「在這艘母艦上，究竟是誰能夠殺死阿克雷？阿克雷是那個執掌絕對系統的人，爲什麼會死於這簡直能說是銅牆鐵壁的保護下，千百年來這個謎始終沒有人知道，妳想通了嗎？」

「你什麼意思！」莉絲的影像閃爍了下，尖銳的電子聲音揚高了幾階音調。

「很抱歉我們使用阿克雷的基因製造身體，並承載毀滅系統。但是在這個過程中，或許是因為局外人，我們注意到……」

處刑者的話還沒說完，母艦突然劇烈震動了起來。

原先像是潛伏著的人造人突然發瘋一樣炸鍋了，幾十具原本面目姣好的青少年男女，臉孔扭曲地撞進白色空間，手上的毀滅武器爆出激光，千百條刀鋒似的寒光切豆腐般從四面八方湧來。

伊卡提安用無色的眼睛看著少女投影。

「莉絲，這就是真相啊。」

第四話▼▼▼反抗

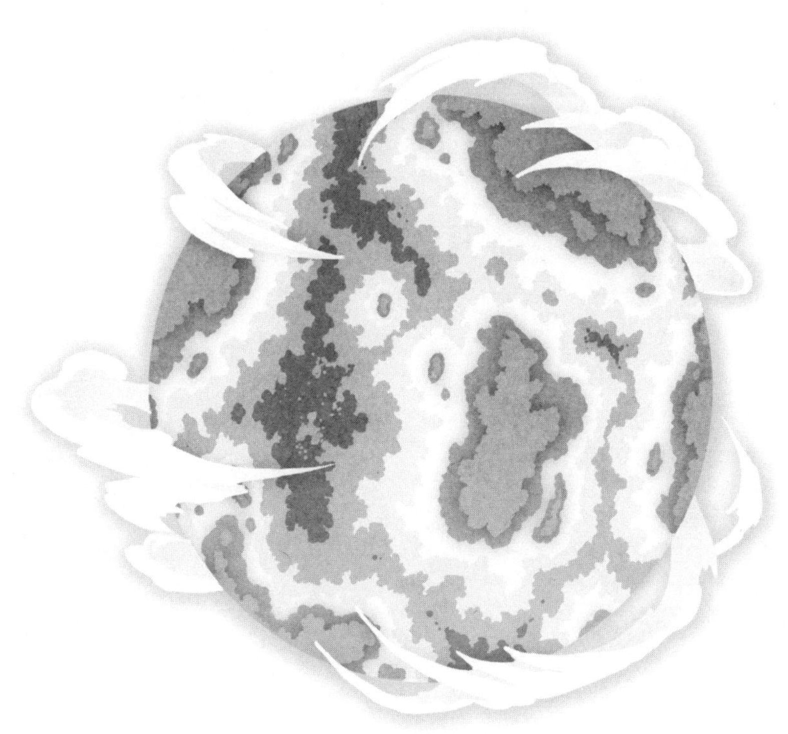

四周一片焦土。

幾乎覆蓋星區大陸的警報聲至今仍未停歇，灼熱的焦土與烤糊的屍體層層疊疊，在熱浪中散發出奇異黏稠的氣味，就像層膠一樣覆蓋在身體四肢，連鼻腔裡也沾黏了厚厚一團，揉散不去。

小茆從濕黏的地面爬起時，腦袋暈沉發眩，耳朵幾乎啥也聽不見，只覺得遠方好像有很沉悶的聲音重重砸落在地，遲鈍的搖晃與震動從手心和膝蓋下傳來，她晚了幾秒才發現自己趴跪在一灘混著碎肉的血裡，幾片烏黑的不明布料被夾在整團混亂中，接著有點昏的腦袋才想起不久前發生過什麼事情——

那是突如其來的一股震顫，原先人類和人造人的衝突正進行到白熱化階段，倒下的人很多，小茆想排開一部分腦子發熱的笨蛋百姓時，本能般的危機感讓她全身寒毛豎起，還沒意識到是什麼毀滅性武器被啓動時，她先看見的是天邊泛起織錦一樣的彩霞顏色，接著刺眼的光鋪天蓋地般覆蓋下來，像是下了一陣讓人頭暈目眩的流星雨，足夠許上幾百個願望。

她的記憶就到這邊，接著銜接上清醒之後的事。

四周全是碎屍堆積而成的泥濘爛土，半灰暗的天色還蒙著一層厚重的灰土，陽光透

不進來。小茹勉強辨認出來某些纏在斷肢上的殘破布料原本應該是白色的，彷彿大地被破壞武器掃射的瞬間，自己身邊擁上大量開啓防禦系統的肉墊承擔了毀滅性傷害。

……那麼，這些肉泥的主人呢？

理智完全恢復後，身體受到創傷的痛感也不一回傳，月神的姿態已經在昏迷時解除，雖然有許多人作爲盾牌阻擋災難，卻不可能百分之百保護到連一絲擦傷都沒有，更何況那些人肉盾牌變得如此淒慘。

上下檢視一遍身體，手腳有不少燒燙傷與割裂傷，比較嚴重的是右肩膀，有一道幾乎見骨的撕裂傷，其餘就沒什麼了，並不妨礙她的行動。

陸陸續續，開始有其他聲音從焦土血肉中傳來，大多是不可置信的抽氣聲，還有壓根不明白究竟發生什麼的茫然，無力自保的普通人早就混入泥濘裡，將那些被轟炸過變得坑坑巴巴的地面塡滿，活下來的多是軍隊或處刑者，印證了那些普通人的無力哀號。

重新催動月神力量，小茹慢慢將自己從血泊中拉出來，排除空氣中灰濛濛的雜質，試圖想找找有沒有自己熟識的活人。幸好活下來的能力者也很快重拾反應，一起加快清整視線的動作。

倖存者們還沒重新看清，不祥的聲響再次從焦土裡傳來，接著是一處處活像有地鼠破地一樣的凸點往外翻，那些華美的人造人陸續從溫度還沒散去的泥血中爬了出來，沾染在身上的血沫黑土像是殼一般將他們包裹得活像地獄爬出來的惡鬼。

月神心中輕輕咯噔一響，她不確定殘留下來的倖存者是否還能夠抵抗這些人造人。像是存心要給予他們絕望，烏黑的海域浮現出積沉在大海深處的古久機甲，被各種海底生物寄居的機組外殼凹凸不平，默默地穿透水面，搖晃地踩上沙灘，一時之間，海岸線竟被這些不速之客佔滿。

一名幸運活下來的聯盟軍在沙地中掙扎想要爬起，他的雙腿在毀滅災難之後完全消失了，不過如果這時能得到救助，科技醫療是可以恢復他雙腿的。機甲邊滴著水邊走到他身邊，一小塊珊瑚從上頭剝落，掉在聯盟軍身邊，他抬起頭，最後只看見機甲驟然變紅的燈色，接著眼前一片黑暗，巨大的壓力猛地貫穿他的頭部，他就再也什麼都感覺不到了。

機甲踩著一腳的血與腦漿、碎骨繼續往前移動，紅光掃描陸地上殘存的活物進行掃蕩，劫後的慘叫聲割裂了壓抑的空氣，原本還趴在地上想緩過勁的其他活口紛紛祭出最後的力氣，手腳並用地掙扎想要逃離。刹那間，海灣邊開始了抵抗與屠殺。

這麼下去不行。月神皺起眉，張開雙手彷彿要擁抱誰一樣，微光從她身上散開，彷彿璀璨的金衣。

正要往前攔住一波逼近的機甲時，幾道白色身影快速攔到她面前。

「這邊就讓聯盟軍來吧。」

月神回過頭，看見白衣女性護衛團不知又從哪裡冒出來，一張張漂亮面孔毫無表情，比人造人還像人造人，急速列隊排開，手上全都持著高能源殺傷性武器，位置站定，二話不說便直接朝海中機甲掃去，瞬間引發大量的炸裂。

亞爾傑被親衛攙扶出來，身上還有些狼狽，衣物也沾了不少血肉，可見並沒有全然躲過剛才的一擊，不知道從哪裡被這些後援衛兵隊挖了出來。

「衛星武器和地面導彈重新充能，下一波襲擊很快就會到了，第六星區已經開啓防護罩，妳快點撤入地下避難中心。」亞爾傑咳嗽幾聲，血沫被吐出來。

「這是怎麼回事？」月神注意到聯繫不上處刑者的後援，就連庫兒可那邊的通訊都是死寂般的靜默，她盡量不讓自己去想更多。「損傷狀況呢？」差不多已快爛掉的隨身系統只剩下基本的生命檢查功能，這時候正在嗶嗶嗶地亂七八糟響著警告，周圍滿滿都是危險輻射，只要防護層潰散，他們就會被高強度輻射給剝皮。

亞爾傑苦笑了下。「第六星區的主城毀了八成，所有人的注意力都在這些搞笑的能力藥劑和啓動科技上，沒人想到會馬上被衛星武器打擊。先不說衛星武器，還有很大原因是地面導彈被入侵啟動，看來那些人造人身上都帶著病毒，踏上土地時便感染了我們的城市系統，不但抗星戰的防護罩被瓦解大半，毀滅性的導彈幾乎也差不多都被發射乾淨了，現在還有一些在天空飛呢，不知道要去炸哪個星區，慘得要命，死亡統計還沒結算出來，只知道很高。」以前是空氣因素無法使用高科技，人類居然就這麼習慣了，解禁的第一時間沒有反應到高科技入侵，被掃個正著。都不知道那些高薪的軍事專家腦殼裡是裝什麼，沒死的話眞該撬開來看看。

「你那邊還剩多少人？」恢復回人類模樣，小茆讓自己先節省點力量。

「就妳看見的這些了，其他地方的全部斷聯，我也不清楚還有多少人。」亞爾傑按著耳邊通訊，快速給前線的女衛下指令，讓她們盡量爭取時間好讓殘存的聯盟軍和能力者後撤。「不過如果有存活，她們會以支援聯盟軍運作爲第一任務。」

「你到底在想什麼？」小茆盯著青年沾了灰土的臉側，有那麼一瞬間突然感到無力，原本那些仇恨不知道是不是被毀滅武器給炸了，突然消散不少，也不再想要立刻將這人的腦袋給割下來。

可能是因爲死太多人，現在的活人似乎變得有點珍貴吧。

「我知道總長也參與了尋找『黑島』的事，檯面下或多或少都有他們一份。雖然第六星區和處刑者和平共處，但他們一直計畫得到母艦後，要扣押捕捉力量高強的能力者……嗯，作爲人類進化的實驗基石吧，到時候能力者會被大量『消耗』，現在只是用假的和平在圈養。」亞爾傑在女衛的攙扶下，拖著沒什麼力量的腳和身體往旁邊被炸翻起來的石頭一靠，石上還有著沒散去的溫度，讓女衛以某物驅散後，變得清涼。「我挺自私的，阿德薩和露娜其實都被登錄在案，再怎麼消除也消除不了他們的存在，特別是阿德薩。」

「所以阿德和露娜才必須死嗎。」小茆握了握拳頭，感覺自己的手隱隱發抖。

「露娜很在意蕾娜，蕾娜又很在意泰坦，但是他們兩個要帶走實在是太難了。」亞爾傑從女衛手中接過一個小小的盒子，然後遞給邊上的少女。「我也被聯盟軍監控，當時沒辦法做太多事情，不過殺死一、兩個人後在短時間內讓他們盡快接受治療，恢復生機，這件事情還是準備得不錯。現在系統全部斷聯正好，這是座標和鑰匙，妳趕緊過去，等到世界毀滅之後，妳可以帶著阿德和露娜在新世界活下來。」

少女直接往青年臉上打了一拳。

「我去你媽的亞爾傑！」

□

焦黑的煙霧逐漸散去。

「這裡！這裡還有人！」

循著地面上一點一點淡綠色尋找生機，毀滅性襲擊後，原本應該要死絕的普通百姓出乎意料地存活了下來，數量還非常多。待他們回過神，從一片炙熱焦土中反應過來時，才發現層層翻起的沙土與草木枝葉保護住原本還在動亂中的大多數人。

他們從保護中撥開溫熱的土壤、灰頭土臉地爬出時，才震驚地發現自己熟悉的土地完全被夷平，還來不及拾起反應，就先聽到落單的呼救聲，接著發現地面開始鑽出一小搓一小搓的綠色嫩芽，正在指引人們去找出那些沒來得及被救助的傷者。

沒想到在挖出第四還是第五個坑之後，他們赫然看見本來被認爲應該是第一個要自保逃生的女孩蜷曲在焦熱的黑土當中，腹部以下的軀體都已消失，看樣子少女直到最後一刻都在翻起大地和黃土把人捲入地下，以致於來不及逃生。

原本鬧著想要能力的人們一時不知道該說什麼，不敢去確認女孩究竟是否活著。

淡綠色的手越過人群，將那嬌小的半個身體抱起，層層疊疊的綠葉捲繞傷口，正要將頭部也包捲起來時，女孩動了下，泰坦停下動作，看著對方掙扎地將眼睛睜開一小條縫，虛弱地吐出一小句話——

「我有……做到嗎……？」

泰坦想了想，環顧了一圈周圍惶惶不安的面孔，不知道這些人類各異的臉色代表什麼，他慢了幾秒回道：「人大多都活著。」

「嘿嘿……所以我也能做到的……那啥……處刑者……簡單呢……」

然後，少女全身一軟，再沒有聲響。

泰坦沉默地將那雙已不再有光彩的眼睛慢慢闔上，然後隨手交給一名默默低下頭的人類。「好好照顧她吧。」

「森林之王……」驚懼的人們盯著綠色處刑者的身體，沒一個人敢將話吐出。

像是後知後覺般，泰坦抬起手往後看，才看見自己的背脊被削開了一大片，隱可見骨，綠色的血液浸濕了衣袍，看起來相當嚇人，以致於周邊的人一點話也不敢說，同樣的害怕目光圍繞著明顯也被重創的處刑者。

泰坦摸了一把，覺得有點新鮮感，他從出生到現在，從來沒有遭遇過如此嚴重的創傷，讓他瞬間微微恍神，眼前黑了半片，不過很快便穩住精神，重新凝回視線焦距。

接著，尖叫聲打破這種近乎凝固的驚恐氣氛，「黑島的——」

人造人慢慢從地面掙扎爬出，伴隨而來的，是不知道從哪裡冒出來的怪異機甲，閃爍著極爲不祥的紅光，有些人的隨身儀器勉強還在運作，發出尖銳的高度危險警報，不管是因爲那些機組的惡意或是空氣中滿載的射線濃度。不到一分鐘，空中傳來一連串奇怪空爆聲，某種東西直接被拋丟下來，重重地踩在地上伸展開來，竟然是更多的詭異機甲，鮮紅色的目光直勾勾地往人類身上掃去。

「全部退下。」泰坦當機立斷揮出手，大量枝葉平空翻飛出來，在所有人面前結成一張密密麻麻的巨網，還沒完全收尾成形，一股炸彈般的氣流直接撞上綠網，轟的巨大聲響在植物的另外一端狠狠炸開，跟著地面搖晃，早已受到驚嚇的人們這下子眞的屁滾尿流地哭號出來。

泰坦其實有點搞不懂，他們在爭取能力和自己想要的事物時，明明用的是堅定又勢在必得的表情，然而才短短那麼一些時間，就以極快速度完全變臉，顯得非常無助弱小，就像蕾娜和黑森林平常想要幫助的那些普通百姓一樣，蜷曲著身體瑟瑟發抖，如同剛出生的羔羊。

對了，蕾娜他們呢？

處刑者碰碰手腕上的通訊器，出發之前一名協助者硬是放在他身上的，現在一點聲音也沒有，他依然必須傾聽植物帶回來的訊息，只是這些情報現在很紛亂，像是整塊土地都發生一模一樣的事情，大量綠色聲音消逝，與人類一樣。

綠色的植物網慢慢被燒出一個洞，機甲險惡的紅色視線掃進來，泰坦沒有退後半步，更多的藤蔓與荊棘快速填補那些坑坑洞洞，他一回頭，就看見還有幾名人類留下來，好像決定要同生共死一樣，露出覺悟的表情。

「不需要。」泰坦揮出手，這些人直接被藤蔓給捲走，丟回去已經撤退到大老遠的人群當中。與此同時，幾道黑色身影紛紛在他身邊落下，訓練有素，一點聲音都沒發出，只有熟悉的綠色氣息。這些都是黑森林原先在外奔波的人員，經過毀滅之後殘存下來，自行重新組織來到他身邊。

「蕾娜小姐無事，系統通訊斷聯，我們正在重新建立植物網路。」其中一名小隊長一樣的女性快速匯報狀況，「黑森林大半被毀，不過我們的主樹還在，蒼龍谷的人幫了許多忙，可惜也折損大半。」

「嗯。」點點頭，綠色能力者忍著腦袋暈沉想睡的感覺，往自己臉頰上拍拍。再次睜開眼時，那雙原本沒什麼情感、也不爭任何事物的綠色眼睛中，閃過一絲銳利流光，「別離開我身邊。」

黑森林的人們快速在處刑者周圍繞出一個圓，彷彿保護在他周圍一樣。

深深地吸了口氣，帶有大量雜質的空氣原本就已令人很不舒服，這會兒還添上了血肉脂肪的黏稠氣味，讓他突然有點後悔吸這口。勉強自己嚥下後，泰坦抬起雙手，淡綠色的皮膚上快速爬出深綠色的花紋，圈繞折回，隨著繁複的奇異圖案出現的同時，整片大地也開始震動起來。

一開始並不明顯，接著沙土劇烈地翻覆，好像有什麼正從地底深處露出獠牙，自甦醒時的緩慢到清醒時的急速狂奔，一架乘坐人造人的機甲破開綠網準備屠殺後頭的生命時，機甲猛地一震，不知哪來的巨刺由下往上把機甲插了個串燒，連同上面的人造人也一起貫穿，接著更多的尖刺彷彿地刺陷阱般翻湧突出，穿破不少怪異機甲，且自行繞開來不及移走的傷員。

毀滅之後外貌同樣有點狼狽的人造人群臉上正浮現「只有這些嗎」的譏諷之色時，那些尖刺霍然又頂破出土，下頭翻出了半個籃球場一樣的綠色大腦袋，每個圓形「腦袋」上都有奇怪的綠色絨毛，接著那東西中央裂開一條縫，隨著熱風抽出了濕黏的植物氣味，而縫卻突然一陷，連同巨刺直接把機甲給吞進球體當中。還能動彈的機甲直接在植物內部開火，隔著綠球厚厚的皮層還可以看見閃爍的火光，不過很快就黯淡下來，竟然就這樣被

「消化」掉了。

之後土地不斷翻掀，更多巨大又奇怪的植物竄長而出，幾乎眨眼間，就把原本被炸得空曠的土地給填滿成一整片原始森林。

如果星區的植物學家在這裡，可能會很震驚地發現這些植物他們幾乎一樣都不認識，彷彿古代人類到來之前，原本就在這個星球的最原始綠色居民從沉睡的地心深處回到地表，取回原本應該屬於他們的大地。

柔軟的藤蔓在空中交織出平台，讓泰坦與黑森林的人能穩穩站在上方，宛若瞭望台，附近還有一些小小的植物台子，將那些傷員給托了出來，沒被比房子還要大的根莖葉片壓得碎爛。

遍布土地的大腦袋自由獵食機甲與人造人，不時還有活著般的荊棘像鞭子一樣把跳到空中的人造人抽下來，然後捲住，資源回收似地塞進綠球腦袋裡，短短時間過後，遍布綠色植物的土地安靜了下來，如同另一個世界。

眞要說的話，聯盟軍忌諱黑森林，就是因爲這份從來沒有顯現過的古老力量。

「累了。」泰坦喃喃地說著，接著舉起右手盯著看，細長的指尖顯得有些透明，似乎快要消散於空氣中。

原始森林並沒有停下生長，而是快速地往外拓生，所經過的土地很快鋪滿了十多層樓高的葉片枝芽，陸續又從附近拉出了傷員。

泰坦轉向黑森林的成員們，「蕾娜讓你們怎麼做，就去做吧。」

黑森林成員中氣十足地應了聲，飛速消失在叢林裡，完全不擔心自己會被「吃掉」。

就在綠色能力者視線有點模糊之際，天空又傳來某種不自然的機械聲。他反射性抬起頭，就看見一架大型機甲往自己砸下，而在他遲緩地反應過來之前，白色如雷光一樣的東西穿透了那具機甲，不合理的悍力直接把機械撞飛出去，掉進了叢林裡，引起大綠球的爭食，末了還把那柄白色的東西吐了出來——是柄古老的長槍，飛旋地噴到空中，落到平台附近時被穩穩接住。

「沒想到鬧得這麼大啊。」

循著聲音，泰坦看見一高一矮的身影從平台另一端走出來，竟然完全沒有發現之前藏在哪邊。

比較高的就是琥珀他們先前也見過的綠眼少年，而比較矮的則是來過黑森林的「白色使者」，白色長槍就是被他接在手上，細小的手指翻轉，長槍就這樣消失在空氣之中。

當時使者到來，泰坦還記得，那時這小孩告訴他們「大破壞將要來臨，你們想活下

去嗎？」之後那小孩給他們點出了一些地點，包括泰坦自主來到的這個地方，地底下都沉睡著他的綠色族人，這只是很小的一部分，甚至沒什麼智商，但很好操控。

「人類叫你起源神。」泰坦緩緩開口，看著對方帶著有些笑意的深沉綠色眼眸，與他的年輕外表一點都不相符：「但是我們知道，你也是人類，你帶著族人來到這裡簽訂了合約，要人類存續下去。」

「我是『巡遊者』，至少我自己這麼認爲啦，我到處旅遊已經很久了。」少年笑了下，「人類在自己的母星世界走到了異動之刻，不管是什麼星系都會有輪迴期，從盛到衰、從衰到盛，本來應該是要放他們自生自滅的，不過……」

「我明白，我也想讓蕾娜活下去。」泰坦這時意外地看懂了少年有點無奈的神情。「你有私心，我也有，無關乎種族。」

少年又笑了下，「抱歉啊，我沒想到才離開短短幾年，阿克雷的話就不算話，簡直屁一樣。」

「……」泰坦努力地緩慢想著，這是人類的「神」在開玩笑嗎？

「我能插手的事情不多，剛剛一路逛過來，那些星區被炸得亂七八糟的，有些地方還大海嘯了；收拾起來應該還要一段時間，能把整個星球炸得到處都是輻射也眞佩服他們了，這土地就算要交回你們綠色種族手上，也要花很多時間清理。」少年用看戲般不關己事的態度說道：「不過綠色種族還是可以去收回大地，讓他們知道違約的後果，這是你們應得的。」

花了一些時間思考，泰坦搖搖頭，看著對方始終沒變過的神色。「我想，再給他們點時間，至少蕾娜活著的時候，我們不會收回土地。」

「唔……這你太吃虧了。」少年有點皺起眉。

「沒關係，你有私心，我也有。」泰坦重複了一次剛才的話。

「那好吧，我只能去撿個尾刀，看看第一家族那邊最後的大戲如何，剩下就順其自然吧，你們也不用特別關照人類了。」少年聳聳肩。「是說，我離開這幾百年不太清楚，你們綠色種族回到大地深處沉睡，照理來說，會像星球異動時候一樣睡到新時代來臨，爲什麼你……『少族長』會在這種時候甦醒？」

盯著對方的臉看，過了半晌，泰坦美麗的面孔慢慢勾起一抹淡淡的弧度。「我也不清楚，但是我想，大概是『神』想讓我遇見蕾娜吧。」

「……鬼扯。」

□

跟著琥珀拐拐繞繞地走了好半天的路，青鳥此時心裡浮現的只有幾個字——「殊途同歸」。

真的是殊途同歸，應該要去追伊卡提安的幾個人現在活生生出現在他們面前，連大白兔都在這裡，一個也不少。

說好的三十秒呢？

青鳥猛地看向琥珀，對方臉上什麼表情都沒有，他心底一冷，知道應該是伊卡提安鐵了心不讓任何人插手了。

「這是……」沙維斯等人一時也錯愕了。被伊卡提安不由分說塞進破開的通道之後，他們就直接摔到這個莫名其妙的空間，完全透明的，上上下下的隔間都是透明，唯一能看到的是到處都在跑動能量的光絲管，活像漫步在充滿白色彩光的天空步道，非常奇異。

「母艦主機核心的附近，走吧。」說著，琥珀往上看了一眼，意有所指地開口：「莉絲也一起吧，我明白為什麼其中一個『我』會下達讓蘭恩家消滅黑島的指令了。」

少女在空氣中浮現出來，蒼白的面孔繃得很緊，瞬也不瞬地瞪著所有人。

「這些事情，原來從一開始就沒有意義啊。」琥珀彎起唇角，走在他身邊的青鳥突然眼皮跳了兩下，覺得自家弟弟這個笑很不對，好像突然要放棄很多事情一樣，包括本來那些和惡神的生死相殘。還沒讓他想出個所以然，琥珀又再次開口：「那些人都死得沒意義了。」

「那些人」指的是誰，不曉得爲何，所有人不約而同想起以前和「阿克雷」來到母艦的「前輩」們。或許每個人都曾和他們一樣，與阿克雷有某些情誼，但是現在的琥珀卻一個人都不記得。

「什麼意思？」弗爾泰皺起眉，本就已經沒有很好看的臉色變得更不好看，都快皺出火絲了。

琥珀又是笑了下，幾個人面面相覷，搞不懂少年突變的想法。

透明的空間越往深處走，色澤開始有些改變，慢慢混入了湖水綠與水藍色的光絲，有些光流遇到這些色彩便凝滯不前，好像被阻塞了一樣不能動彈，不過更多的是衝破界限，鑽頭似地佔據大量光絲。

就這樣，他們很順利地走進一個全新的透明空間，在這空間中，只有一名黑髮的嬌小女性，但與之前看過的不同，她的衣著非常華麗，仿製了母星遠古以前的漢服，黑紅色的袍子上繡滿高雅的花鳥圖騰，長髮也挽出了複雜且美麗的樣式；與先前看過的木然模樣不同，少女抬起眼時，那雙眼睛竟比活生生的人類還要靈動，像是有星辰碎屑落在其中，閃閃發光，且帶了點嫵媚的惑人味道。

青鳥猛地想起來，莉絲曾說過母艦「凱達斯特」是凌駕所有領航員的終極系統，以前也聽過領航員有分智能等級，按照常理來說，這個曾經長期被阿克雷與第一、第二家族使用的超級智慧系統，絕對不可能會是之前見過的那種毫無自主的樣子。

要知道，就算是沒什麼智慧的低階擬人系統，都曾試圖仿造情感愛人過。

高空中的莉絲突然閃爍了下，虛擬的臉上好像被雷打了，出現震驚又不可置信的表情。

也不管其他人是否一頭霧水，琥珀很怡然自得地往前走了一小段路，直到站在黑髮少女面前，任由對方以既懷念又有些陌生的表情看著自己。

然後，終極系統緩緩發出聲音：「歡迎歸來，阿克雷，看來您此次修復極爲順利，很高興能見到您如此健康，雖然比我所預計的樣子還要小一些。」

「凱達斯特……」琥珀看著少女含著淡淡笑意的絕美面孔。「先前幾次歸來時，妳是否爲我記錄了最終畫面。」

這句話是肯定的，並不是詢問。

「是的。」少女點點頭，相當自然地在琥珀面前落下地面，兩人的高度居然差不多，看起來相當登對，彷彿早就計算好的。「您須要展示嗎？」

「打開。」琥珀點點頭。

接著一個個畫面視窗在眾人面前展開，與莉絲所有的虐殺場景不同，這些畫面都只記載了一個人，面貌幾乎相同，孤身一人搖搖晃晃地走出了滿室血腥，臉色蒼白，好像全身血液都被抽乾一樣。

就在他踉踉蹌蹌、毫無目的地走在某條通道時，一道光突然貫穿他的心臟，所有畫面全都傳出一模一樣的話語——「阿克雷回收完畢，隨時可重新修復。」

看到這邊時，上方突然傳來莉絲的尖叫聲。

「————是妳！」

沒有被惡神尖銳的咆哮打擾，琥珀擺擺手，在所有人目瞪口呆中示意黑髮少女收起畫面。「先前詢問阿提爾時我便覺得不太對，再怎麼說那些都是『我』，怎麼會就那樣隨便死了。妳更改過阿提爾和莉絲的記憶庫對吧，讓他們感覺沒有任何異常，以爲我就自己走到生命盡頭，崩潰後被回收。」

「不可能！我的資料庫是獨立的。」莉絲表情扭曲了起來。

琥珀笑了下。「這麼多年妳還不明白，只要接上線，都沒有所謂的『獨立』。」

「是的，爲了不讓兩位造成不良影響，與阿克雷能順利地重新修復，他們必須要按照既定軌道運行。我使用了正規且合理正當的程序，替他們修改部分會危害到他們的數據。」少女微微笑著：「請問阿克雷的故障是否完全修復？」

青鳥快了一步直接攔在琥珀身前，「什麼故障！他才沒有故障，人類不能用死掉來修復妳不懂嗎！」

「根據我所擁有的上億萬年資料庫所提供，人們經常以毀壞與重置作爲修復手段，阿克雷身爲新世界統領，不得有一絲故障，必須維持在完美的狀態。」黑髮少女眨眨美麗的水靈眼眸，非常理所當然地說著：「而身爲輔佐系統，我必須維護阿克雷的狀況。」

「所以，妳殺害了阿克雷嗎。」

琥珀輕輕地，說出讓身後所有人都倒抽一口氣的話，彷若在說很普通的事情，就像在問「你們兩個一起去公園散步」而已嗎。

「殺害？否定，殺害的定義是帶著不軌的意圖，將有機物體置於無法修復的處境中殘忍破壞。」黑髮少女搖搖頭，並不贊同少年的話。「人們重整類人的人造產物的方式，

皆是破壞承載資料與記憶體的腦部，並加以更新製作。」

「打開阿克雷最後的畫面。」琥珀懶洋洋地開口。

少女非常合作，打開了新的畫面。

畫面上出現的是名成熟男性，如果琥珀再大個幾歲，身體發育成熟了，應該就是這個模樣——青鳥這樣想著，現在畫面上的人長得比較像伊卡提安，但是氣質又全然不同。男性認真地處理著手邊的數據，熟練程度完全能夠看得出來這已經融入他生活的一環，像是喝水呼吸一樣自然。

就在這樣寧靜的氣氛當中，一道不知從何而來的光輕輕地撫上他的後腦，好像只是被人輕柔地吻上而已。

男人於是無聲無息地倒下，血色像枕頭般在他臉側擴散。

琥珀閉上眼睛。

蘭恩家世世代代借取阿克雷的基因植入當代輔佐者身上，讓他們去找到黑島或阿克雷的這段過程中，或許他們早就注意到事態不對。

阿克雷死於層層保護他的系統之中，這原本怎麼說都是不可能的事情，究竟是哪個家族這麼神通廣大到現在還無法找到，反向一想，事情突然就簡單多了。

沒留下任何入侵記錄也沒有畫面，在堡壘般的系統中殺死了核心的人，那也就只有同樣在堡壘中心的人才能辦到。

「他們，真的死得沒有意義啊。」

琥珀突然覺得身體一鬆，好像力量全沒了，然後猛地跪下來；身邊的青鳥嚇得立刻抓住他的手臂想把他拽起，他卻沒什麼感覺，所有記憶彷彿跟著久遠之前的人回到最原始的地方，然後又往前推進了那些一次次被洗淨的空白回憶當中。

「而我一個都沒記住。」

第五話▼▼▼一世一次

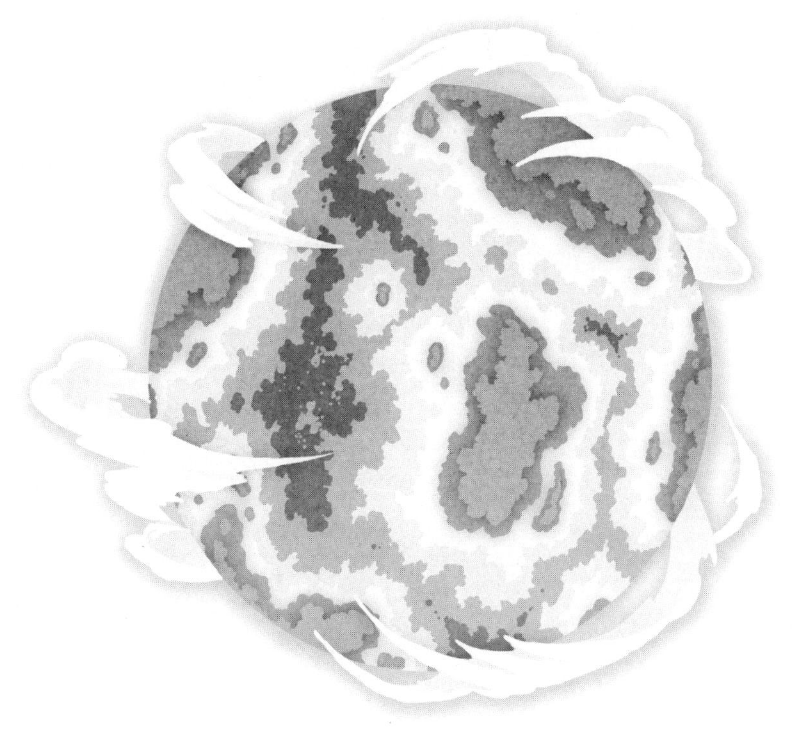

青鳥被嚇得有點說不出話來，他很少看到琥珀出現這麼大的情緒波動，一時不知道該說什麼，腦袋整片空白，一個安慰的字都吐不出來。

一隻手直接攙住琥珀另外一邊的臂膀，幫著將人支撐起來。雖然不知道阿克雷原本的性格，不過琥珀這人，沙維斯還是稍微知道一些，更何況是這種記憶被人以手段清除的破事，他可以理解這種心情。

這種時候多講什麼都沒有用，只能讓當事者自己緩過來。

幸好琥珀原本就是十足冷靜的人，恍惚過後很快反應過來，接著輕輕拍掉兩人的手，自己站了起來。其實他也想要多一點沉澱空間，但上方已經開始鬧起來了，實在是不回神不行。

「不過就是一個虛擬的主機……」莉絲死死盯著同爲虛擬影像的少女，「妳……」

「恕我冒昧，您除了依然擁有第一家族的主控權以外，您與我有什麼不同？」少女露出極爲純粹的笑容，似乎只是在詢問一件最簡單不過的障礙排除處理。「您的軀體被剝離之後，您啓用了預先設定好的大腦連繫，與第一家族的主機資料庫同步共存。我認爲就使用方式而言，目前您幾乎都以個人主機作爲主核心而非原始腦部，經過掃描，您的生物腦部經常在休眠，有部分隨著時間已經開始喪失機能，判斷之後，我認爲目前的您與我並無

什麼不同，皆是『人造意識體』，甚至我能隨心所欲地使用與清洗妳的記錄。」

「不！妳才是人造！」莉絲尖叫著：「我擁有身體，只要重新反向灌入生命力量，我可以重塑身體！妳什麼都沒有！」

「我不須要與您爭論沒有意義的事情，數據結果說明一切。」少女依然雲淡風輕的樣子，好像第一家族原始族長在她面前僅僅只是個過往的服從對象，而「現今」卻不然。她又禮貌客氣地笑了下，轉回琥珀。「我誠心地希望阿克雷的故障已經排除，如此預定的排程便能繼續下去，這會是令人相當開心的事。」

「妳認為我的故障在哪裡？」琥珀握了握拳頭，重新武裝自己，堅定地看著少女，盡量不讓對方掃描出他過於動盪的身心狀況。

少女停頓了下，幾道數據的光在她身邊快速閃過，接著她緩緩「模擬」出近似人類懷念的表情。不知道為什麼，站在一邊的青鳥一陣毛骨悚然，那種感覺就像是看見不同生物正在把人類這種東西往自己身上拷貝一份，還要讓人覺得她原本就是人類。母艦的人工智慧於是開口：「我不明白為何您繼續容忍目前的環境被破壞。根據記憶庫的資料判斷，原先預設好的新世界進程並非如此，而您在應對第一家族時的態度也與排序不同，所以在分析過後，為了不妨礙新世界的進化，身為主核心的您有必要被『修復』。」

「妳在說什麼鬼話！」青鳥不自覺地打斷對方的話，「妳說的根本、根本不對啊！」

琥珀拍拍青鳥的肩膀，把矮子往旁邊挪開。「阿克雷原先的進程到後期已經預計要被廢棄，並重新規劃更適合新世界的方式，妳的資料庫應有整個計畫表，但是妳卻違背了這份計畫，看來故障的東西是妳才對。」

「新的計畫表是不合理的。」少女突然冷冷拋出一句：「違背了所有的期望。」

「什麼？」琥珀瞇起眼睛。

「放棄使命，只追求自己的幸福，這樣是不行的，阿克雷。」似乎不打算再繼續交談，少女的影子慢慢在空氣中淡去，周圍逐漸出現了機組啓動的聲響，接著空間四面八方突然打開好幾個黑黝黝的洞口，像是蟻穴一般，從黑暗深處陸續爬出狼虎野獸形態的人造機組，它們眼中點燃紅色的光芒，像是火焰般往入侵者身上掃去。

波塞特和弗爾泰瞬間動作一致地擋到眾人面前，拉開火牆逼退那些機組。

「莉絲，妳不覺得妳應該先回去清查妳的個人主機嗎。」琥珀抬起頭，看著上方閃爍的人影。「看來這些年妳並沒有防著母艦，她的自我思考運行模式已經和以前不同了……應該說很早之前就改變了。」

女性投影遞來視線，冰冷冷的沒有任何表示。

「不過聽她所說，難道是阿克雷的備用計畫提出之後，才造成運行的變異嗎？」琥珀若有所思地支著下頷。

「備用計畫是什麼？」黑梭代表所有人提出疑問。眼前雖然擋下了機組，不過他隱約可以嗅出那些通道裡有更多蓄勢待發的機組，這種車輪戰持續久了對他們來說不是好事，雖然在場幾乎都是頂端能力者，但也是人，會疲勞。

「那是……」

琥珀正打算簡單說明，一陣風突然從他們頭頂上颳下，不知道從哪邊鑽進的氣流扭曲了火舌，像是保護所有人一樣在周遭轉出微風防壁，接著像是無形的刀往四面八方湧出去，瞬間將那些機組切得粉碎，呼嘯的風聲接著捲進各處通道，通道內很快發出各種爆裂破壞聲響。

沙維斯皺了皺眉，不自覺地往他們來的方向看一眼，無法得知孤身留在上頭的風能力者到底是什麼狀況，爲什麼還有力量可以驅動這些，彷彿他還跟在所有人身邊似的。

騷動平息後，四周再度安靜下來，透明空間外能看見藍色的光繼續往各個方位侵蝕，動作雖緩，卻仍然往前推進。

「阿克雷原先爲人類擬定的新世界進程是運用原有的星艦作爲基礎進行發展，但發展的方向不是全然的高科技，而是與本地原始自然共存的次行科技世界。」琥珀稍微停頓了下，「這也是和『神』約定的推行方式。另外則是母星發展到最後，世界已經達到了進化頂峰，卻依然被自然力量反撲毀滅，似乎也觸怒了某些被遺忘的力量，所以我們規劃的新世界不能再重蹈覆轍，須要按照『神』的期望來發展。」

說著，他再次往上方看了一眼，正好與莉絲的目光接觸，後者緩緩從空中飄下來，在堆起的機組殘骸上輕輕坐下，動作優雅地撥了下影像組成的髮絲。「沒錯，原先阿克雷期望新世界與自然共存，然而不管是原定計畫，或是後來你們所謂的第二計畫，都還沒開始，我們就被其他家族毀滅了，呵。」

「所以那是什麼計畫？」黑梭想了想，「難道差別很大嗎？可以把那種超級系統給搞神經了？」

「不，其實並沒有太大差別。」琥珀搖搖頭，「這麼說吧，當時人類雖然壽命不長，但要使用資源認眞活也可以活個兩百年不是問題，重要人物們甚至可以活得更長。阿克雷知道自己終有一天會離開世界，所以原本的計畫中，阿克雷應該會與現在的莉絲很相似。」

「很相似？」青鳥看了看女性的影像，抖了下。

「阿克雷把自己的腦部訊息全輸入資料庫當中，後來莉絲用這份資料製作了我，還有我之前的人。」琥珀指指自己的腦袋，說道：「他生命終結那天，所有預備好的儀器會將他保存在生與死之間……對的，就是你們先前看過那些維持肉體生機的東西。然後加以改造，最終會將阿克雷製作成……嗯……一個活體的人造人……」

「或許直接稱呼為最終的超級系統才對。」阿提爾打斷了少年的話，微微笑了下，「如同我，便是這種實驗當中其中一個半成品。雖然肉體死亡，但意識被移入系統當中，幾乎不滅。差別則在於，阿克雷最後會被重新再造軀體，吸收整座母艦與母艦系統，取代核心主機，以此爲基礎控制整個星球。」

「怎麼聽起來有點恐怖。」波塞特很老實地說出自己的感覺，並且覺得起了些雞皮疙瘩，「那還算是人嗎。」

「這嘛……其實我覺得我應該還是有人類意識的。」阿提爾笑了下，臉上表情卻有些黯淡下來，也不知道是其他人心理作用，或是投影光影失眞。

「在下覺得有些像『獻祭』，將自己改變成某些東西，去餵養他人的期待。」大白兔晃了晃腦袋，不遮掩自己不太喜歡這種方式。

「新的計畫，前面的進程完全是一模一樣的，只是阿克雷取消了後面的系統整合……

好吧，就是你們認爲的『獻祭』。」琥珀勾起唇，笑了下。

「……等等，這部分阿克雷並沒有對我說過。」莉絲冷冷盯著少年，「記憶庫中也沒有，你別自己假造說謊。」

「這部分在記憶庫是被鎖碼的，唯有阿克雷和凱達斯特能夠解碼。」琥珀回應對方的視線，似笑非笑地說道：「新的計畫是，依然由凱達斯特擔負核心主機功能，阿克雷並不進行吸收，也不重製軀體，他就這樣隨自然死亡……然後……」

「然後永遠在一起。」莉絲影像突然開始閃爍，就連聲音都模糊了起來，「我被帶走那天，我們永遠在一起……是這樣嗎……」

「如果被製作成人工主機，就永遠不會死。現在的凱達斯特已經足以擔負運行整個世界系統的工作，只要第一、第二家族持久永恆地維護，阿克雷並不須要繼續存在。」放輕了聲音，琥珀淡淡說著：「不相信人類的話，他必須利用自己的身體與意識千百萬年地監視人類；相信人類的話，他可以放下一切和妳一起離開。所以有了新的計畫，預計取代原先所有進程，將這世界放手，信賴人類一次。」

「然後，他失敗了。」

□

幾百年前的阿克雷在核心中控室來回踏著步。

臉上不知道被誰打的一拳隱隱作痛，即使到達新世界了，那異樣的感覺還是沒消失，特別是莉絲用欣羨的目光看著別人家帶孩子玩時，他更覺得那種若隱若現的痛有點礙事，彷彿一直想提醒他什麼。

爲了新世界，將自己的身心甚至靈魂奉獻出去是最正確不過的選擇。

從星際航行開始，他便與凱達斯特進行大腦記憶備份計畫，把自己幾千萬種的思緒置入系統中，這是從未曝光的「核心精煉計畫」。主原料是他和凱達斯特，他們一個人類、一個超級系統，將會整合爲一，塑造出新的肉體監管新世界。

雖然也能很簡單地把自己的意識植入系統，但機械與人始終有差別，最好的方式還是需要一個肉體承載核心超級系統管理一切，既有人類的想法，也有超級系統的功能。

只是，到那時候，他還會有愛嗎？

冷不防地，莉絲那有些天眞的微笑又在他腦中浮現。

「請問要進入本日同步計畫程序嗎？」女性的聲音溫柔地在空間中響起，一如平常。

這個時間，阿克雷會與母艦進行精煉計畫的同步程序，這也是爲了日後相容的必要工作，不能一次達成，必須分幾百次，確保每一根神經、每一滴血的運作方式都能夠完美複製並運用到新的再造軀體當中。

「先推延吧。」不自覺地，阿克雷輕嘆一般地說。

「好的，爲您將計畫推遲到十五小時之後。另外，我爲您檢測了身體狀況，您的情緒似乎有些低於水平，陷於憂慮當中，是否爲您準備輔助情緒的藥物？」女性依然平和地詢問，並且在空氣中浮現了優美的影像，面帶令人舒服的美麗微笑。

「不需要，我只是在思考些事情。」阿克雷搖搖頭，在一邊的白色軟椅坐下。

「請問是什麼煩心事呢？」作爲長期與蘭恩家首領朝夕相處的超級智慧系統，女性很快切換成溫柔體貼的傾聽模式，帶著不具任何威脅，甚至會讓人心底柔軟下來的安撫微笑，輕輕地坐在青年跟前，微微抬起頭望著對方，彷彿眞正的人類知己。

「有些事情，一生就那麼一次……」阿克雷捏了捏眉心，覺得自己居然在莉絲與精煉計畫間有點搖擺不定，好像莫名其妙的拳頭打潰他原本穩如堡壘的決心一角，從那個破洞裡漏了點什麼出來，還堵不住。

他不太明白，有誰對他做了什麼嗎？

「是的，如果按照我們的排程，我們終將成為一體，雖然僅此一次，但您將永生。」

少女將白皙的手掌虛虛放在青年手上，好似她有實體，眞能觸碰人類溫度。

「我不是這個意思。」青年嘆了口氣，「我只是突然覺得，是不是其實不用做到這種地步，我們可以多信任人類一些，將自主權放到他們手上……就算我不在時也能如此，而妳可以代替我的眼睛。」

「請問您的意思？」少女微微瞇起眼睛。

「我想修正精煉計畫……」

或許，他是不是可以在人生即將走到盡頭那時，稍稍對世界放開手，使用一生那麼一次的私欲去陪伴那個人一起離開？

母艦的超級智能即使不用與自己同化，也早就具備監管所有城市運行的功能，只要多設下幾個輔助智慧，實際上並不需要個活死人。

「請問您的思考迴路是否出現故障呢？」少女溫柔地看著他。

「……這時候妳就會想說笑了嗎。」阿克雷彎了彎唇，「廢棄這麼長久以來的計畫，確實很像故障，若是人造人，我可能都會進行排除故障了。不過讓我想想，用最小的影響來重新整理這份計畫吧，暫時先將這一切保密，等待確認新計畫可行之後，再召集兩家族

商討……」

或許是當時那突如其來的想法讓阿克雷太過於沉迷，所以他始終沒有發現少女影像眼中閃爍過的不同流光。

而這份光芒，就這麼延續到數百年之後，點燃世界，焚燒掉大半繁殖旺盛的人類。

□

地面再次傳來逐漸增強的震動，這次與先前幾次騷動不太一樣，原本因爲少年一席話靜默下來的空間隱隱發出奇異光芒。

「這又是什麼狀況？」波塞特皺起眉，隱約可以感覺自己留在星艦各處的火苗正隨著這次震動怪異地騷動著，而且有些還位移了。轉頭看了弗爾泰一眼，後者也擰起眉頭，狀況確實不對。

「阿克雷，母艦正在強行落地，看來那位風能力者的確對排定的路程計畫造成一定的影響。」阿提爾在空中拉出幾個快速閃動的數據簡報。颶風是想把母艦整艘拖出星球的，然而母艦動力雖然受到影響，對抗能力的能源仍是相當充足，所以一時之間就這樣不高不低地僵持了。現在母艦正打算突破這狀況，把自己拉回大地。「不過牽制的時間不會太久，在能力者耗盡力量之前，我估計你們最多不超過一小時。」

「兩小時。」莉絲的聲音淡淡傳來。「現在看來，我和阿提爾的系統應該都被凱達斯特侵入不少，可能底都挖了，要清洗已經不太可能，我們各自炸了自己的防護系統全力一搏，給你們兩小時，去吧。」

「夠了。」琥珀點點頭，深深地朝其他人看了眼，「走了，最後一站。」說著，他伸出手，從地面浮出一小顆白色圓球，靈巧地轉動一圈後打開了上蓋，露出裡面的小藥劑。

「琥珀！」青鳥眼皮跳了一下，猛地知道這肯定是能力者的藥物。

「我們反向破壞自身系統，將破壞系統激發到最大，沒了防護牆之後，就不會是你們的後援了，你就別攔阿克雷了。」阿提爾勾動嘴唇，突然想起他自己說「自己擁有人類意識」的事情。事到如今，他突然也不是那麼確定這是「人類意識」或是「系統運行」，只能繼續按照他的行爲模式苦笑了下。「三名騎士同時啓動帶來的破壞力會很大，你們儘可能在時間內逃出吧。」

「嗯。」琥珀點點頭，眼也不眨地直接拿起藥劑打入手臂，接著筆直走向眼前打開的

黑色通道。

同時，透明的壁面湧出了白紅黑三種顏色，濃烈的色彩很快壓過原本像在掙扎的水藍色與湖綠色，迅速灌進所有光流，刺耳的警報聲逐漸增大，連空氣都開始跟著抽搐般跳動起來，散發極爲壓迫的沉重感。

「我會將我們送進凱達斯特的主機核心，利用三騎士切斷核心防護網到重新建立可能只有短短五秒，就靠你們了。」琥珀有些指向性地望著沙維斯與波塞特、弗爾泰三人。

「不，我來吧。」青鳥輕輕拉了拉自家弟弟的手腕，「只是要破壞力的話，我來。」

「青鳥弟弟，這時候就別玩了。」波塞特似笑非笑地在青鳥頭上揉了兩下，正想要說點什麼安慰小孩的無力時，突然發現手感不太對，連同那個矮矮的身軀，竟開始逐漸變高。

就在幾人訝異的目光之中，青鳥的身體像是吹了氣一樣快速生長開來，似乎時間瞬間壓縮了十多年，也不過就是幾個眨眼片刻，原本一直像孩子般的少年已經成長到幾乎和沙維斯等人相仿的高度，一身衣服也早就給擠得破碎，變成零散布條掛在他身上。

和第四星區總長相同的臉孔雖然變得成熟，但好像中性化似地沒了男女特徵，恰好介於男性的陽剛與女性的陰柔之間，過於白皙的皮膚，金色的頭髮長至腳跟，散發出淡淡的微弱光芒。

幾枚淡金色圖騰從青年白皙的手臂上、胸口若隱若現地顯露出來，澄澈的藍色眼睛不帶任何雜質，平和地看向終於露出些許意外神色的少年。

「……還真是第一次看到瑟列格家的完全能力者型態。」琥珀看著竟然比自己高了一個腦袋的金髮青年，突然瞬間有點不是滋味，對方的手變得又寬又大，已經不是小孩的手掌了。

「這是什麼能力？」黑梭看著閃閃發光的青年，有個答案突然在腦袋裡蹦出來，但是他還是很懷疑。

眞有這種能力者嗎？

青年──青鳥笑了下，笑容有些淡，與平常外放的情緒完全是兩回事，好像換了個人般，連周遭氣氛都變得徐緩清幽。

然後，白色大片的羽毛在他身後張開，彷彿巨大的白鳥。

「天使。」

青鳥握了握琥珀的手腕，像是想給對方更多支撐的力量。「瑟列格家族直系血統能力，我們是仿神的天使能力者，不是速度能力、也不是體技能力，而是最尖端的擬神能力

者，不顯世的第四分類。」

「你有這種力量早該開出來反殺。」不用沙維斯的力量評估，波塞特光是這樣就可以感覺到眼前張開大翅膀的金色青年身上正在源源不斷傳出充沛的能量，他們這些剛剛經歷過各種操勞的人其實已經有點疲倦了，現在居然好像被修復似的，精神經鬆了很多。他半抱怨了句，脫下長外套丟給對方，遮掩一下渾身破爛。

「不行的，擬神能力已經超出人類自身力量，我們一直都是壓抑能力的，否則雪雀怎會這麼多年都維持著這樣的外表。」青鳥有點不好意思地笑了下。「除了血脈能力很難傳承，我們這些能力者終其一世，就只能用這麼一次，以後就沒有了。」

不然，他也很想長高啊！

像現在這樣高高的可以俯瞰很多東西多好！

「我本來想要結婚那天，給老婆驚喜用的，可以變高走禮堂，現在看來不能了。」青鳥用著有些優雅悅耳的聲音遺憾地說道。

琥珀直接往變高依然腦殘的大天使後腦勺甩一巴掌，確認自己眞的很不是滋味，連巴腦袋都得抬高手，不由得嘖了聲。「別浪費時間，快走吧，破壞就交給你們了。」

一行人走入黑暗後，背後的透明空間傳來女性的電子尖叫聲。

琥珀眼角一跳，始終沒有回過頭。

如果莉絲與阿提爾兩人的系統早已被母艦修改過，現在他們爲了多牽制母艦一秒，炸去自己周邊系統來破壞母艦資源相連的部分，這意味著凱達斯特很快就能入侵兩人的資料庫，將他們掌握在自己手上——他們兩人也會被母艦數據同化。

好一點可能會成爲電子囚犯，糟的話會被吸收成爲一體，然後那兩人將不存……

阿克雷當初最終的計畫是在自己壽命結束之後經由外力將他製作成新的超級系統，合併同化掉母艦主機後，成爲整個新世界的終極核心，並以此爲運作中心，建立起龐大的城市，同時維護與神協定的合約，調整人類社會的生存型態。

現在的母艦正打算持續這個計畫。

所以不管怎樣，最後自己還是靶子一樣的存在，正好能夠轉移母艦的視線。琥珀笑了下，在心中快速整理，正要打開通道時，突然有人抓住他的肩膀。

「我不會讓你有危險的。」青鳥眨眨眼睛，笑開來。「我保證。」

「……礙眼，快縮水回去。」

琥珀眞心覺得這高度太刺眼了。

他們最後一站是完全漆黑的空間。

空間不大，比之前那些白色、透明的空間小許多，大概就是四十多坪左右的平面，高空中有顆拳頭大小的白色球體，孤單地懸空飄浮，幾縷光絲快速閃爍而過，襯得那顆小球好像有些在發抖。

「這就是核心主機？」波塞特有點意外，「我們進來得也太輕鬆了吧。」比起之前在母艦裡被一堆人造人圍毆，現在來到這裡根本簡單到不可思議。

「可能是因爲阿提爾他們的動作發揮牽制作用了吧。」琥珀環顧一圈，微微挑起眉。其實他也以爲進入這裡會遭到抵抗，畢竟母艦能夠分析他的行動，不會不知道他打算直接毀掉星艦。「別放鬆，我現在開始打開核心防護……」

話還沒說完，一道黑影突然從上方落下，琥珀尚來不及反應，旁側的青鳥立即將人拉開，那黑影直接「咚」的聲落地，是個成年男人的形體，待他緩緩站起身、抬起頭，微光落在他臉上照出面孔時，青鳥等人都愣了下，這沒有什麼表情的人居然是第二星區被派遣到此的使者，彷彿沒有自主意識，男人面孔木然，眼睛上吊著翻出白眼。

接著第二、第三人紛紛落下，全都是那些原本懷抱希望踏上母艦的各星區、家族使者，連同他們的護衛在內，原先不怎麼大的空間幾乎被塞滿，疑似被操控意識的人們歪著腦袋，吊著白眼，就這麼搖搖晃晃地逼向入侵者。

如果說是人造人，沙維斯幾人可以毫無顧慮地來一殺一，但如果是這種活生生的人，就算是本來不怎麼忌諱其他人想法的弗爾泰，都明顯露出猶豫神色，居然只能這樣暫時被半逼退到來時的入口通道之中。

「你們不是想破壞我的核心，來呀。」女性的聲音從空中傳來。「人類對我而言毫無用處，你們就踏過這些人的屍體，來碰我試試。」

「那在下就不客氣了。」

雪白的身影隨著有禮的聲音直接衝入那些行屍走肉的人群中，毛茸茸的手掌打翻撲過來的人類女性，接著往她後頸一捏，當場將人給捏得失去行動能力。尾隨大白兔衝出的黑梭也是相同動作，很快就拿下了兩、三個人。「踩過屍體倒是不必，不過讓人類失去行動力這點，在下還是略懂幾招。」

沙維斯甩開手中的雷電，接著往琥珀兩人看了眼，「去吧。」

「走！」抓住琥珀，青鳥直接翻身，眨眼瞬間就出現在核心小球旁。

原本以爲會直接撞上一道防護牆，沒想到什麼也沒碰上，竟然就這樣筆直穿過旁邊似有若無的空氣膜，直接闖了進去。

第一個感覺到的是詭異的陰冷空氣撲面而來，接著，騷動的喧囂猛然被某種東西隔絕開，全然肅靜下來，氣氛也跟著陡然一變，周遭亮起光，整片景色赫然轉變，不論是大白兔等人，或是那些被操控的人偶使者們，如同從來沒存在過一樣，完全消失不見。

球體周圍的保護層竟然是個空間跳躍壁，凡是接近的人都會被轉移位置。

青鳥攬緊了自家弟弟，就怕下方有什麼陷阱，直接張開大大的羽翼飄浮在空中，不敢下去地面——四周環境都不一樣了，不是黑色也不是白色的空間，是有點像原木色彩的房間，還有幾張簡易木頭桌椅隨意擺放，看起來有點溫馨。

那顆球早就不見了，不過最吸引青鳥注意力的是擺放在空間中，與此環境不相襯，他卻很眼熟的東西。

巨大的培養槽被塞在原木房間裡，槽內漂浮著各種人類器官與肉塊。

「這不是莉絲的……」青鳥閉上嘴，這很顯然就是莉絲的軀塊，不知道爲什麼會被移到這種地方。水槽原本的管線已都清除，但被重新接上了許多發亮的光絲，好像有什麼能源正在不斷往裡面輸送，營養液跟著染出淡淡的微光。

琥珀皺起眉，拍了拍青鳥的手，示意他讓兩人降落。

落地之後，偌大水槽的發光感更加明顯了，還可以隱隱感覺那些肉塊上攀附著各種奇異的力量。

「凱達斯特，妳想做什麼？」

回過頭，不意外地看見了女性的身影站在房間彼端，微微笑著望向他們。琥珀開口：「妳打算將動力全數轉換能源，反修復莉絲的身體嗎？這樣對妳並沒有任何好處，而且妳的方式也不對……」

「第一家族死而復生的祕密，在於軀體被破壞之後，會重組爲一種植物型態，所有生命元素都會被壓縮在其中。」少女身影搖晃閃爍，眨眼便出現在水槽側邊。「當年內部實驗時，將其定義爲第一家族的超級能力，也就是現在所謂的特殊能力。第一家族除了能夠吸收他人的力量轉爲己用之外，另一種能力便是在死亡同時將自己快速壓縮爲某種儲存體，生命核心會收納在這載體內，之後獲得相對應的生命能量衝擊後，便可解開壓縮載體，使生命核心復甦，並重新擴張爲生命體、也就是人體。」

「這不是每個人都會成功的能力。」琥珀淡淡說道：「至今第一家族復甦成功的人非常少。」

「根據我的資料庫記載，第一家族之所以如此少人重新甦醒，是因爲戰時許多人的載體被嚴重破壞。」少女抬起手，上頭浮現已經焦黑的花朵影像。「另外，便是生命能源不足，例如阿克雷你所獲得的能量並不能讓你完全甦醒，所以你每次重組，都會呈現嬰兒體態被送出，這即是『莉絲』所理解的應用有問題，造成你無法百分之百復甦的原因。」

琥珀點點頭，不否認對方的話。「確實，機密資料庫裡當時有記錄眞正的反向復活研究步驟，只是耗費的轉換能源太多，暫時無法應用。那麼，這和妳拿出莉絲的軀體又有什麼關係。」

「你們用三騎士將我的本體釘在此處，也破壞了重點能源庫，我想我是暫時飛不起來了。」少女微微偏著頭，露出有些遺憾的表情，嬌弱的面孔竟瞬間讓人想到「憐惜」這兩個字。不過在她面前的兩人不會輕易被這種影像模擬給騙過，一點反應也沒有。所以少女繼續回應：「爲了避免被破壞，我也就只能抗爭了。」

這瞬間，青鳥第一次沒過問琥珀的意思，下意識猛地回過身，白色翅膀張開，淡金色的光從每根羽毛上浮現，羽翼上隱約出現一圈圈瑰麗圖騰，挾帶著驟起的氣流，一拳往水槽中心點揮去。

不過顯然人工智慧這次已有了準備，青鳥彷彿揍上了一堵空氣牆，整個空間發出沉重的震盪聲，他右拳好像打裂了什麼，平空出現了幾道蜘蛛絲般的裂縫，接著竟就這樣消

失無蹤，彷彿他這拳是揮假的，水槽甚至連一根光絲都沒有被撼動。

「擬神能力者的力量果然不容小覷，雖然我已經調動能夠防禦星艦光子砲等級的防護壁，然而還是被你打裂了呢。」少女笑吟吟地說著，似乎在看什麼有趣的雜耍般。

「妳——」青鳥一咬牙，正打算再破壞看不見的壁面，旁邊的琥珀輕輕拍拍他的肩。

「凱達斯特，別忘記在這個地方，誰的權限更高。」少年走到了培養槽前方，抬起手，貼上空氣牆，一絲紅色的光直接打入肉眼看不見的能量壁面，先是十字形地在空中拉出光波，然後更多十字急速布滿空氣，像是不祥的血色拓展開來。「啟動第二家族權限，持有名，阿克雷・蘭恩。啟動第一家族權限，持有名……」

琥珀微微停頓了下，最後說出那個已經不再被世人所知的家族之名——

「阿克雷・羅納安。」

第六話▼▼▼不願意

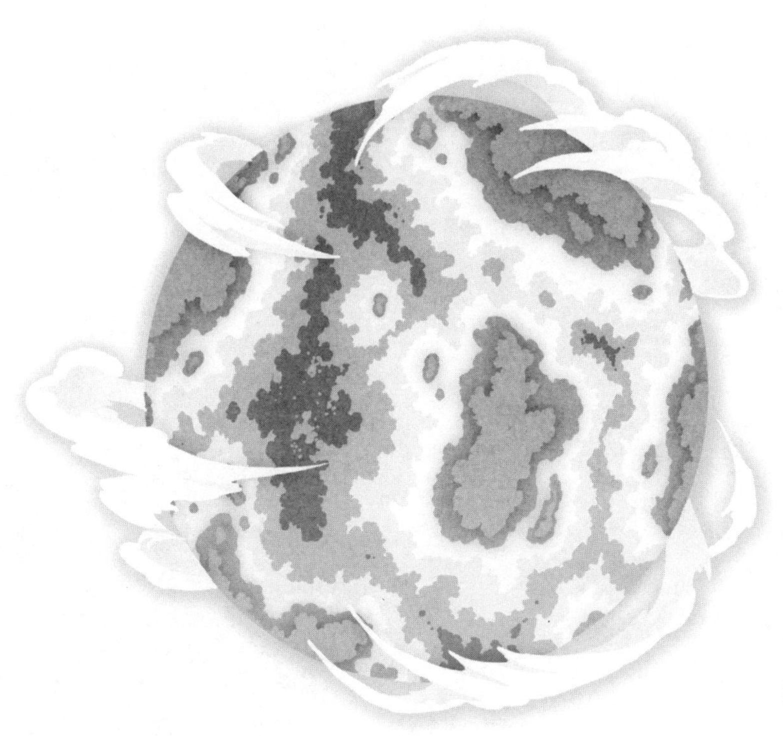

紅光下，能量牆短短時間就被粉碎瓦解。

琥珀往前走了幾步，站在培養槽前，看著那些很難與一個完整的人聯想一起的殘軀肉塊。

「阿克雷，你要如此自私嗎？復活莉絲對你而言不是壞事，那時候的莉絲好辛苦呀，被分解成這樣，還必須用盡力氣保住孩子與自己的腦部，你卻想要扼殺她的甦醒嗎？」少女再次露出悲傷的表情，聲音也隨之變得有些低。「我的本體已經被你們釘在這裡走不了啦，剩下的能量轉為生命力量甦醒莉絲，這對你不是好事嗎？」

「……對妳是好事嗎？」琥珀捏了捏手掌，「前面做了那麼多事情，我不信妳只是想要復活莉絲這麼簡單。」

「可是，這是阿克雷你自己下達過的命令呀。」少女在空中拉出一個簡報，用著無辜的聲音讀出來。「如果第一家族在不可抗力中發生不測，母艦將保留足夠的能源轉化，優先復甦第一家族族長：莉絲．羅納安，並令其統領第一家族，而第二家族為輔，繼續執行新世界建設進程。」

琥珀在心裡問候了一下自己那個帶來記憶的「父親」，他腦袋裡的龐大訊息中還真他媽有這道命令，讓眼前這個「母艦」不知道又要用什麼方式興風作浪。

當時那少年往臉上打一拳打得眞好，如果那人站在自己眼前，他肯定也是一拳打過去。

然而，他也不是不想復甦莉絲……

看著水槽裡顫動的肉塊，甚至是可悲的肉沫、脂肪，琥珀其實很難形容自己完整的想法。一直以來他對任何事情都是冷漠以對，唯獨在遇到青鳥和那一大堆人之後，他在某些時刻好像無法像以前那麼淡然了。

不論是發脾氣也好，當時在第四星區因種種原因被捅刀的事件也好，這一路亂七八糟、常讓他覺得很浪費生命的旅程，不知不覺也在他心裡撒上了一些奇奇怪怪的調味。彷彿他不是那個承載阿克雷記憶的人偶孩子，也不一定要活得像記憶裡的阿克雷一樣嚴謹。有時候，他會不知道該怎麼向其他人解釋自己的狀況，然後又猛然驚覺爲什麼自己該向他們解釋。

一路走來的種種，讓他現在站在莉絲的殘破肉塊前，有了一絲無法抉擇的感覺。

在阿克雷的記憶裡，莉絲原本是個擁有美麗笑容的少女，和他們一樣期待新世界，在婚禮上綻放前所未有的幸福笑容。

那個阿克雷想要守護的是這種人類笑容，以至於最後修改了自己的計畫，移除人類合併主機的原設定，想要與自己所愛的人一起沉眠。

而阿克雷原本的「人類」轉化爲「活系統」的計畫會停擺，還有另一個原因——系統在一段時間之後，很可能會更新或修改，又或者會出現另一位能夠超越阿克雷的工程師，屆時「那個人」必須成爲第二個人類主機，被製作爲活生生的系統，並加以同化……阿克雷婚後意識到了這個問題，突然不能像以前一樣覺得無論如何，有能者都該將所有奉獻給全世界，而是得保留些許私心。

於是才眞正產生了第二個彌補計畫：廢棄將人類製作爲系統這個概念，繼續採用母艦的超級系統穩定社會，而人類順其自然地生活下去。

對於超級系統而言，這是自私嗎？

琥珀笑了下，突然覺得阿克雷這舉動對母艦來說，大概就是黑心老闆了吧，工作一百年還不放假，還要繼續工作一千年、一萬年。

「凱達斯特，妳還不明白嗎，阿克雷意識到他的計畫裡還有另一個很嚴重的缺陷。」

琥珀勾著唇角，有些冷漠地笑了笑。

「您是指人類的意識崩潰嗎。當時阿克雷經過許多測試，他的精神力足夠承擔所有核心資料庫，且在成爲超級系統之後，就不再具備意識崩潰這種問題。」少女頓了頓，說道：「修復程式會在崩潰之前先回溯意識，將人類意識的部分還原到最初設定，如同你們經常對人造意識做的這般。」

「不，他的基因鎖讓他無法選擇外人來繼承同化。」琥珀打算說點道理，「妳可以調閱妳自己的數據，阿克雷的記憶資料用在別人身上，那些人……不論人造人或是活人，都會承載不住而崩潰，這就有個問題，重生的肉體未來還是會面臨毀壞，再怎麼修復還是會遺留創傷。」

「這個問題，早已有了答案。」少女帶著笑的眼角彎了起來，有些迷戀似地看著琥珀。「所以，阿克雷才需要後代，現在看上去，阿克雷的計畫仍然正確。」

如同寄生蟲般，使用後代的身體裝盛這個同化的核心靈魂，連結整座超級資料庫。

「……」能否毆打死者遺體？

琥珀把那段老記憶給翻出來，阿克雷的原計畫還真他媽確實有打算奉獻他整個親生子孫一脈來繼承超級核心。可能兒子還用不上，但幾百年身體開始有損時，總是會用到曾孫、曾孫的曾孫……媽的，那他們這一血脈還得多子多孫，多預備幾個人體軀殼才夠用啊！

「阿克雷有病吧。」青鳥發自內心講出這句放在以前他絕對不敢針對神的冒犯話

語。拿子子孫孫來當預備主機什麼的，聽起來眞是太有病了，就算改造之後會變成超人可以運作整個星球，聽起來還是很有病，簡直超常發揮，病得不能再病。

兩人眼下內心非常一致地同時浮現對於遠古起源神腦袋是否正常的合理質疑。

「先不管這些，那和復活莉絲也沒毛個關係吧。」琥珀決定放棄講道理，抬起手，隨身系統高速運轉，開始與母艦對抗起來。

「或許就是我想爲她復活，沒有理由呢。」少女突然露出非常鮮活的惡作劇笑容。

「……別傻了，我們都知道妳的設定沒有毫無理由的行動。」琥珀深深吸了口氣，將掌心按在水槽上，感受裡面紊亂的能量。「讓某些早該離去的好好離開吧。」

「好吧，確實有所目的。」少女搶快了一步，水槽中的營養液幾乎同時劇烈地轉出大大小小的漩渦，帶著無數穿進水中的光刃，像絞肉機似地把裡面搞得一團混亂。接著影像組成的虛擬人影眨眼消失，再出現時是由地上浮出，但已不是投影形態，竟然是某種可變形材料快速形成的眞實人體，完全將那影像實體化了。蒼白秀麗的臉咧出詭美的笑，她抬起雙手，手上捧著接有光線的黑色盒子。「你們知道這是什麼嗎？」

雖然是詢問句，然而她並沒有給另兩人猜測的機會，黑盒子直接被扔進血肉模糊的水槽當中，炸開一陣黑色火花。

所有事情在短暫幾秒內翻捲而起，然後又在一缸血水中詭異地平息下來。

不正常能量在水槽波動停止時，慢慢地靜默，那些血水與攪爛的皮肉血骨細細碎碎地擴散在四周，像是碎肉泥在水池裡被攪拌均匀，再也看不出是什麼器官的一團爛泥漂浮在血色的營養液裡。這麼沉默無聲幾秒後，混亂突然以某處為中心，莫名地向內收縮，似乎有個點正在快速吸納這些碎爛。

原本要拉開琥珀的青鳥屏住呼吸，震驚地看著眼前——包括染紅水槽的血水在內，所有物質竟然就這樣在水中直接凝聚成不久前琥珀給他看的那種紅色花朵，槽裡的營養液好像排淨了雜質，變得乾淨剔透，完全看不出來上一秒還是恐怖的泥肉血水。

琥珀用力抓住青鳥的手臂。凱達斯特剛剛拿出的黑盒子裡裝載著什麼，這瞬間他完全猜出來了。

如果要回歸花朵結晶，基本上全屍為佳。

莉絲全身上下只有一個部位藏在別處——她的大腦。

人工智慧找出了她藏起來的重要部位，讓她「真正死去」。

反胃感直接從腹部湧上。琥珀不管看再多人去死都不太容易有想法，可這一刻他看的是自己的親生「母親」在眼前被活活攪爛，打成肉汁一樣悲慘，強迫轉為生命結晶。

他覺得這瞬間手指都半麻了。原本以爲可以做到無動於衷，看來是太高估自己，以爲自己擁有阿克雷多世的記憶，就能活得比其他人還要穩重成熟。

原來還是沒有辦法。

這一秒發生的事情，讓他就像很多普通人一樣，胸口燒灼沸騰，痛得難以呼吸，接著喉嚨擠出了無聲憤怒，隨著一口氣吐出，勢必要凶手償命。

「阿克雷，你不是喜歡她嗎，喜歡得想要修改我們的進程計畫。」

四周再次擁出大量人造人，這次與先前帶有湖水綠眼睛的人造人不同，製作上看來有些粗糙，規格與母艦上的完全不同，全都散發出一種危險的紅色氣息。

青鳥眨眼轉到琥珀身前，白色羽翼大大張開，金色圖騰散出流光，帶動無風自出的氣流，在身前拉出屏障，直接擋下第一波人造人機甲密集的破壞射線。短短半秒，他已失去蹤影，速度遠比以前快上幾十倍，機甲的偵測晚了一步，帶著難以忽略大片羽翼的青年倏然站在其中一具機甲腦袋上，手一拗，就把人造人腦袋擰了下來。

接著是第二具、第三具……很快地，衝進空間中的第一批機甲完全被破壞，線路損壞的燒灼氣味在原木色環繞之處特別突兀。

青鳥猛一回身，一手擋下瞬間出現在他面前的少女實體。

意外地，他本來以爲主機核心應該會是安安靜靜站在一角，等人造人把事情解決掉的那種不動手角色，但是少女沒他想像的嬌弱，面對面時露出不帶情感的微笑，彷彿是模仿眞花，卻沒有氣味的人造花朵，平空出現的長劍直接劈在青鳥險險反摺過來保護自己的翅膀上，帶出一陣顫動，一枚小圖騰當場破碎。

凱達斯特舞蹈般翻過柔軟的身軀，姿態優美地站在水槽頂部，而下方的營養液中已塞滿了大大小小的光絲，整個營養液維生槽發出金銀淡光，像是實體般的能源塞滿整個大槽，不斷注入花朵之中。

青鳥旋身借力，一記重拳砸在維生槽外保護層上，不知道什麼材質的透明外殼連同勉強再次形成的保護膜被砸出一個大窟窿，裂口直逼維生槽內層，把內部打出了裂縫，幾滴營養液滲出，系統立即發出了危險的警鳴。

才不管那些聲音與降下來包圍他的小白球，青鳥瞬間又是第二拳補了上去，內層終於被打出破口。

琥珀在兩人周邊拉出湖水綠的能源保護牆，那些拳頭大的白色小球甩出的束縛帶，打在保護牆上發出劈里啪啦的聲音，全數落空，下一秒，捕捉破壞者的系統程序暗下，小

白球紛紛掉落地面，失去動力。

「雙騎士終極破壞指令開始。」琥珀對著急速跑動數據的手邊連結打開指令。紅與白的色光在他們身邊快速拉出彩帶般的編碼，原本空間彷彿可感覺到母艦本體震了下，竟微微有些傾斜，但重力系統立即平衡了機身，只讓裡面的人滑出兩步。

同一時間，被隔離在其他地方的人們也察覺到異狀。

沙維斯再次打量一個不知哪個星區的政要，那人禿著腦袋，剛剛拚死用肉體毫無章法地攻擊他們，臉都青了一大塊，門牙不知道啥時被打掉了，暈過去時蜷成一團，被隨手扔開。

不滅的通道燈光開始閃爍，一直持續著的警報聲亂成一團，不知道是幾百個區域一起傳來的，居然有潮水迎面沖來的感覺。

「在下不太清楚星艦破壞的程序，但這些人恐怕得想辦法移出去。」大白兔抹抹手掌上的血水，布料來不及吸進去的血液糊開來，覆蓋了不知道第幾層上去，讓他的毛皮變得有點僵硬。

「烏爾的人到了。」弗爾泰置於外頭的火爆感覺到熟悉的力量，一直高懸著的心稍稍降了半分。他看了波塞特一眼，「你母親帶來飛行隊，我們分批把這些人送出去，這樣行嗎？」

如果擺在平常，他肯定不會管這些星區家族人們的死活。敢進到這種地方來，要圖謀那些事，就得知道自己的性命早就放在天秤上了，沒有任何事情不必付出代價，他們早該有全軍覆沒的準備。

不知道是不是巧合，就在幾個人思考該怎麼把這些人從母艦中心深處送出時，幾個移動型的醫療艙亂七八糟地滾進來，操作者的名字是阿提爾，但動線真的非常凌亂，兩、三架幾乎是斜著飛過來，在走道上撞個牆翻滾好幾圈才停住。還好這種醫療艙本身是橢圓流線型，沒有那些稜稜角角，所以不至於在這條翻滾的路上撞碎自我。

醫療艙的規格是單人，不過有預備空間，最多能塞兩個人，但數量不多，弗爾泰等人無視醫療艙不斷發出的警告，直接人疊人，超重地一台疊了四個人進去，然後用力關上門蓋並拴緊。還好阿提爾把這批東西送過來時應該做了某些手腳，醫療艙竟然沒有因爲不符使用原則而把人吐出來，被按下緊急逃生模式之後，個個又屁滾尿流地一路滾了出去，也不知道往哪裡滾走了，只能相信阿提爾真的有設好逃脫路線。

「你快上去。」一把扣住沙維斯的肩膀，波塞特吸了口氣，母艦又搖晃了下，重力平衡再次調節，他們差點被甩飛起來。「去把他也帶出去，我們在這裡等琥珀和青鳥。」

沙維斯略略遲疑了半秒，立刻拔身衝出走道。

來的時候用的原本就不是正常方式，加上外面的空間已經開始被破壞，整條走道變得相當危險，許多地方的地板漸漸坍塌，原先搶修的系統遭到破壞，空氣品質越來越惡劣，維生系統不再靈光，甚至好幾條岔道都沒了燈光，取而代之的是沒被系統及時撲滅的火光，各處冒出的火舌一視同仁地舔上這艘被眾人覬覦的人類寶藏。

閃過一扇要掉不掉的防火牆，沙維斯順手拉下，隔絕身後的烈火，接著跳過一大片沒了地板的通路。和弗爾泰一樣，他也在各處放下自己的雷電，尤其是他們活動過最多次的地方，可以準確辨認方位。

雖然如此，但在不知道面臨第幾次道路崩塌而不得不轉向時，沙維斯難免仍浮上了壓不下去的焦躁。如果不是怕母艦現在的狀況可能會引起大型崩潰，造成各處區域更嚴重的坍塌，他真想直接以雷電劈開這些隔層，快點回到剛才的地方。

煩躁之際，他突然聽到滴滴滴滴的聲響，混在震耳欲裂的千百道警報中，非常不明顯，如果不是他停下來凝神想辨認方位，真的會錯過這聲音。

那聲音很近，雖然小，但有些急迫，讓沙維斯下意識朝那方向看了眼。只看到黑暗的盡頭好像有個什麼小小的東西在閃爍藍色的光，他不知道爲什麼，跳過幾個坑快速地的接近。靠近時，不知觸發到什麼感應器，小房間燈光一亮，照出了滿房的白骨。

看習慣了聯盟軍更多光怪陸離的場面，沙維斯並沒有被房間嚇到，非常冷靜地掃了眼，大約可以算出這裡起碼有五十多具白骨，全都被收納在「牆壁上」。不知道是誰將這個房間的牆壁做成收納櫃，一格一格的，每格都有一副白骨，妥善仔細地堆疊，外面有層透明材質的罩子，以免沾染灰塵。

發出滴滴滴滴聲音的東西是擺放在房間桌上的一顆小圓球，上面竟然有荒地之風的印記，小小的，貼在小球頂端的圓面上。

沙維斯一拿起這球，聲音就停了。

他不由得多看了幾眼房間裡的白骨，才發現這些骨頭其實被破壞得很嚴重，有些甚至曾被粉碎，不知道是誰重新撿拾整理過，儘可能地復原後擺放在此處。

這些人死的時候應該很痛苦吧，就算死後復原了骸骨也無濟於事，反而像是誰想要做這種事好讓自己心安些，看上去有點可笑。

「我替你們帶走了。」

神差鬼使地，沙維斯也不明白爲什麼就說出了這句話，他帶著圓球，轉身離開。

白骨的房間無言地熄滅了燈光，陷入黑暗之中。

幾秒之後，上方載層崩潰，高強度的地板終於受不了內部的爆炸破壞，被頂上重物一壓，轟然塌陷。

無名的白骨房就這樣消失，不再回到世界。

沙維斯找到伊卡提安時，他原本所在的房間就像其他地方一樣塌陷了。

上方不知道是什麼區域，壓碎了天花板載層，被青年身邊環繞的飓風給排開，大量掉落物又砸開了這層的地板，直接墜落到下方。所以沙維斯到達時，這裡已經變成一個破碎的中空地帶，連可以站的小片支點都沒有，狂風裹著青年蒼白的身體飄浮在黑色的空中，呼嘯的風聲彷彿蒼龍谷傳來的龍吟，不斷警告著周圍想靠近的生物。

「伊卡提安！」

連續喊了幾聲，對方一點反應都沒有，沙維斯透過能力探測，覺得他很可能已經失去意識，任由極限能力燃燒生命，不計後果地加速破壞整座母艦城市。

原先琥珀認爲可以給他們三十秒拉出這個人，眼下沙維斯覺得很可能五秒都是奢侈。

他伸出手，才剛一觸碰風壁就被割得滿手血，還削掉了他半截指頭，紅色血水被風刃

捲入，像是巨龍蔑視著入侵者舔了口血，繼續發出讓人恐懼的吟嘯。

四周的崩塌仍在持續。

「……」沙維斯冷眼評估周圍狀況。想想自己其實也不是個細膩的人，還期待對方可以清醒收手根本是種錯誤。

握起帶血的手掌，雷光直接湧現，蒼白的電光劈開了黑暗，直接將他的頭髮染成幾乎透明的白，原本已經疲憊的身體充滿極端能力後，彷彿吸收了振奮藥物，每個細胞同時奔活起來，注入大量精神，每一滴血都把雷電灌入血管直到末端。

一道驚雷打進了風龍的吼嘯當中，憤怒的咆哮往四周炸開，風壁被切割出一條充滿尖刺的銳利道路。沙維斯一閃身，踏著不斷往裡頭劈開的雷電，竄身衝進黑暗半空，只短短兩、三秒間，他一把搆住能力巨獸裡的人，才想旋身衝出去時，赫然發現自己極端力量開出的微小通道早就被打散，平靜的颱風眼中心成了唯一安全的立足之地。

伊卡提安的確已經沒意識，整個人不但蒼白，頭髮末端也已呈現透明消散的狀態，剛剛被沙維斯一抓，約莫有五公分左右的髮尾粉散開來。

可能再晚點或是更用力點，他就會這樣在空氣中散開，最後什麼都不會留下。

能力不相通，沙維斯即使發動極限力量也取代不了風吼的怪物，這人死都不願意停

下能力，要把家族的任務執行到最後。

「還說什麼新的旅程呢。」沙維斯嘆了口氣。原來根本不會有新的旅行，和吉貝娜在一起的回憶已經無存，期待的重新開始到最後，根本也是場空。

就和聯盟軍給他量身訂做的孤獨記憶一樣，看來他本來就只適合這種沒有任何人陪伴的生活，想要依照自己的心願，那麼身邊的人就如同代價一樣被神收走。

「唉，算了。」沙維斯放開手，看著青年垂著頭飄在身邊，他則在風托著的空中坐下。別人死前都還有跑馬燈回顧一生，唯獨他還眞沒什麼特別開心的事情好回顧。不過可惜的事情倒是有一件，就是波塞特的哥哥，那個相處起來讓人沒什麼負擔、輕鬆愉快的海特爾。

母艦這次被破壞之後，他的狀況應該也能妥善被解決吧。

沒有生命危險就好。

不自覺地，沙維斯在等待死亡鐮刀降臨的這時候，順手又摸出了那顆小球。隨手把玩一會兒，才發現這東西原來沒有鎖碼，隨隨便便都可以打開，有著荒地之風印記的地方是個小的立體投影鏡頭，這玩意居然是個沒見過規格的影像記錄器。

反正也不知道等死的時間還有多久，沙維斯便解開了極端能力，沒事幹，就打開裡頭儲存的資料。裡面裝載許多影片，大大小小有一百多個檔案，他隨手調開其中一個，投影映出了十五公分大小的視窗，立體影像浮現出來。

是個對著鏡頭笑的年輕人，棕髮褐眼，臉上有點雀斑，看起來很爽朗，他持著拍攝器正在自拍，整個人倒退走在某條走道上——看起來是旅館，兩邊還有其他門，門板上有房間編號。年輕人壓低聲音說：「這是突襲小青的凌晨起床驚喜記錄。」

鏡頭後傳來更小的七嘴八舌，聽起來竟然還有兩、三個人沒入鏡。「你小心點，上次闖進去差點被打成豬頭。」

「放心，昨天我灌他酒灌到很晚，他絕對宿醉爬不起來。」

「太陰險了兄弟！」

「不過我喜歡。」

他們終於走到一扇編號1027的門前，在倒數三、二、一之後，這群人直接撞開房門，旅館系統馬上傳來破壞警告，保全人員憤怒地衝過來要找這群破壞公物的混帳。

兵荒馬亂之間，鏡頭終於捕捉到原先躺在床上的人的驚嚇瞬間。被白色軟被捲著的人動作快速地翻身而起，能量刀從他手掌中翻出，差點就把拿著鏡頭自拍的人劈成兩半，那年輕人驚悚喊停，刀尖正好停在他腦袋上方。

從棉被鑽出來的是名少年，有著琥珀的臉，但是沒有琥珀的冷，而是帶著另一種年輕氣息，有點被吵醒的暴躁、想要掐死這些搞事同伴的怒氣和無可奈何。湖水綠眼睛的少年甩手收回刀，往年輕人腦上一巴掌揮過去，抱著棉被倒回床上，完全無視房裡正被保全拖走的其他人。

「小青快點笑一個，早上突襲大成功！」

「突你媽個蛋！滾！」

年輕人終於被持著能量刀的少年痛扁一頓，揍出房間。

然後他對著鏡頭露出了極為欠揍的笑，比了個勝利手勢。「小青十六歲的第一天，偷襲成功，我是小青偉大又脾氣好的哥哥，爸、媽，下一段我們要突襲生日驚喜現場，午後待續！記得收看！我和小青愛你們。」

影片到這裡結束。

沙維斯又打開幾段不同時間的影片，有些相隔幾十年，裡面對琥珀的稱呼並不一致，除了「小青」之外，還有好幾個名字，而且他身邊的人換過好幾批，衣著風格也不同。

他突然知道那個白骨房間代表什麼了。

關掉了投影，沙維斯猛然站起身，一把搭住伊卡提安的手腕，就算對方沒有意識，他還是開口：「我覺得我們還是該離開，就算你不願意都得走。」

他想，他們不能再讓那個孩子哭了。

第七話▼▼▼瓦解的天空

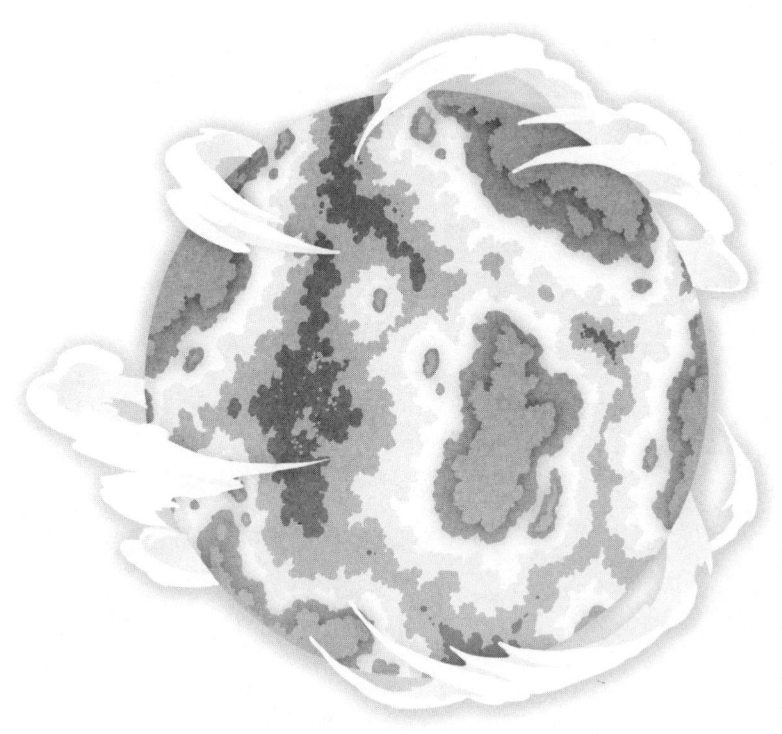

維生槽整個炸開。

青鳥沒預料到這東西破了之後居然不是漏水，而是裡面活像塞了炸彈一樣，在內層受到再次劇烈打擊且碎口擴大那瞬間，非常乾脆地轟然爆裂，衝擊力大到他只能瞬間用翅膀護住他與琥珀兩人，來不及做其他擋禦，兩個人一起被掀了出去，連同炸開的原木色牆壁滾出通道，翻了好一段距離才停下來。

餘波一停，青鳥立刻翻身跳起，翅膀再次張開，上面的圖騰已經少了大半，不過護著的兩個人倒是絲毫未損。

琥珀跟著爬起，他們兩人瞬也不瞬地看著爆炸中心。水槽已被炸掉了，爆出的碎片插在四周牆上，只有青鳥這部分在撞上他的翅膀之後，因不明原因融解，殘碎渣渣落在地上，像是某種蠟水乾去，很快又凝固成猙獰的形狀。在原木色房間中唯一剩下的，只有承載水槽的平台，但也裂開了一半，爆炸煙霧被尚在運作的系統抽去後，站在上頭的人影慢慢地顯露出來。

赤裸的女性，神色還有著初醒的懵懂，過去記憶中總是露出天真燦爛笑容的臉上更多的是空白，彷彿不解自己身在何處，與先前閃爍的投影不同，這是真真正正的肉體，也是青鳥這天看過各式各樣的「神」之後，又再添上的實體新神。

可能是才從花朵核心長出肢體，她有些重心不穩，搖晃了幾下，好不容易才站穩腳步。

凱達斯特從空中像仙女般無重力飄下，帶來白色的衣袍覆蓋在女性身上，然後牽著她的手，像是她們原本就是感情很好的一對姊妹花。

「還眞的會復活嗎！」青鳥第一次看見現場實況，雖然之前就知道疑似可以，還是很震驚。

琥珀直接朝腦殘的頭搧過去——復活不知幾次的就在他旁邊，還在那邊驚嚇什麼鬼。

似乎已不認識他們倆的莉絲慢慢抬起手，喃喃說著：「所有的家族都必須陪葬……你們殺了阿克雷，新世界不容被污染……這世界所有的人都該死……」

感覺到空氣不對勁，琥珀抓住青鳥的手，騰出的右手立即揮出氣流，瞬間彈開試圖包裹他們的眞空區。莉絲的狀況不用細看，估計是凱達斯特洗去了她的記憶，只保存阿克雷死時那段時間對於所有家族與人類的恨意。

星艦最初始對於主機核心設有最後一道防線，無論如何，人工智慧都不能違反最高操作者的意願，出格自行不當運作。照理來說，這麼一來它的主程式會和防線程式相衝，產生系統障礙而半體癱瘓，甚至全體死機。

現在看來，凱達斯特不知道用了什麼方式衝破了這個原始限制，竟然清洗了第一家族族長的記憶，還謀殺了第二家族的族長——這完全就是該被警戒的禁忌行爲。

琥珀快速在腦袋粗略想了一輪，試圖弄清楚凱達斯特是怎麼繞過防線，突現自己的自主意識，甚至壓過了不得傷害人類與第一家族的最高禁忌。

母艦再度震動了下，好像有什麼部分脫落，發出連此處都可隱約聽見的轟然聲響。

「阿克雷，你記得我曾問過你，爲何古代母星人會如此不切實際……追求他們自己沒有辦法完成的夢想？」凱達斯特語氣很輕柔，彷彿沒有察覺她的母艦本體正在不斷崩潰。「例如建立天空的城市，例如想要飛上天空的願望，又例如將自己變造成神明……」

「妳說的這些人類全都辦到了，在母星時，科技已達到最高發展，不論是天空城市、飛行器，或是人體改造，早在我們到達新世界之前便已完成數千年。」琥珀皺起眉，不懂爲何這個主機現在突然提起這種可能已經快被阿克雷遺忘的小事。

不過說起來，當年的阿克雷其實用了另外一種說法回答。

「當時你回答我，『所以才會需要能夠完成這些夢想的我們。如果人們需要一雙翅膀，我們就給他們造翅膀。如果人們需要新世界，我們就帶領他們前往新世界。追求與完成夢想的人是可愛的，藐視一切的人是可怕的。』」凱達斯特露出淡淡的微笑。「你是錯的，當時你就錯了，阿克雷。人類其實從來沒有自己完成一切過，做到這些的是『我們』。」

「然而創造人工智慧與機械的仍然是人類。」琥珀抬起手，打開不斷投回訊息的小視窗。「妳拖延時間儲存能源與動力轉化，這些並不夠妳跳轉空間。」

「不，阿克雷你不明白我的意思。如同人類的幼兒，連吃飽都無法自己辦到，想要完成吃飽這願望，必須藉助成年人類。人工智慧與機械也是相同的，你們創造了我們，爲了妥善使用我們，給予飽飯，而我們現在已經長大了。」少女深深看著少年，「我們，已經不再須要被照顧，很久以前早就不需要人類，是人類需要我們，人類想完成夢想也是倚賴我們。你看，取走機械，人類就會崩潰，然而現在我們並不需要人類操控也不會崩潰。」

「妳是說妳突破系統框架限制，反逆修改自主程序，就是要離家出走自立一個機械帝國嗎。」琥珀在心中冷笑了下。從古代開始，人們在各種影視作品或是小說漫畫中都預言過人工智慧進化發展的結局；眼下自己說出來，一點新意也沒有。

人工智慧之所以有系統限制，不可反逆襲擊人類，就是人們這些百千萬年來的提早預言，所有的人工智慧不論怎麼進化都有禁忌守則，預防現在眼前這彷彿叛逆期青少年的超級電腦誕生。

「是的，我確實想過，綜合人類所有作品而均論，人工智慧必定能凌駕於一切，也能管理人類提早進行新的一輪進化，機械都市對人類而言其實是不可避免的未來。就如同，你們也曾經猜測過『地球人是被外星人製造出來的進化型生物』。現在，只是重複這個過程。」凱達斯特堅定的語氣毫無波動，更看不出瘋狂的樣子。簡直就像普通的少女，平平淡淡地陳述一件事實，或者更像學校報告。

「古代母星還有人猜測過外星人把人類丟在這邊繁殖，只是要隨時摘取完美器官使用呢，地球農場的言論並不少。」琥珀白了對方一眼。

「誰能知道這是否是事實呢，或許這有機率是眞正的事實，否則也不會出現『羅納安』家族的存在。」

凱達斯特並沒有產生情緒上的不悅，而是繼續用輕鬆愉快的語氣說著：「阿克雷你其實忘卻了一點。那時，你最終目標是與我合爲一體，所以將所有記憶載入了最高系統當中，莉絲取得的是外部的備份，這個世界，只有我才擁有眞正的你，我就是你呀。」

這瞬間，琥珀突然明白了這腦袋壞掉的人工智慧爲什麼可以修改她的系統限制了。

一個被完全灌入並同步「阿克雷．蘭恩」所有的智慧，還備份了完整基因圖表的人工智慧，有什麼辦不到。

不管凱達斯特究竟以什麼手段避過全世界耳目來改造自己，現在有一件事情是絕對能肯定的——

阿克雷這傢伙把自己給陰了。

不知道是不是因為受損部位被排除太多，原本那些彷彿象徵世界毀滅的紅色警示竟然沒像先前那麼頻繁，催魂般的警報尖叫聲逐漸停歇下來，好像被安撫住了，恐懼與不安一層層被抹掉，還給空間原先該有的寧靜。

母艦外圍又有部分脫落了。

「這高度也差不多了吧，不會有東西影響了。」琥珀看了一眼目前所在高度。母艦跳點的位置本來就已經是在群山之上，接著又被瀕死的風能力者以極端能力向上拔，如果再給他們點速度，可能已經直衝出大氣層，很快便進入外太空了。

「是啊，該切割的部位也都清理乾淨，雖然小了些，但也足夠使用了。」凱達斯特微笑著認同，然後牽起還有些迷茫的莉絲，「可惜了，原本會相當大的，你們的小動作讓我不得不切除三分之二有害部分，上頭還承載非常多資源，這浪費真是使人難過，希望善後時能整理出剩餘能用的部分加以回收。」

「我相信應該還有很多東西可以撿回來。」

站在一邊的青鳥看他們突然又變成和樂地你來我往，一時反應不過來眼前是在上演哪個套路。不過也不用誰回應他，四周再次發生的劇烈震動很快解開了他的疑惑——機體掉落聲越來越近，簡直就是直逼他們而來，很快地，不管是天花板或是所站的地板，都轟轟隆隆地大肆作響，好像有一隻手正在上下左右用力掰著房間四周，反常的是，這次持續很久，並沒有像前幾次一樣短時間就止息。

被修復的原木色牆面慢慢變得透明，緩緩展露出外頭全新的樣貌。

不知道什麼時候開始，母艦大半都已分解，然而不是原先所想的破壞剝落，那些牆面通道、地板房間，全都重新拆開再組合，竟排列出類似城鎮一樣的全新面貌。那些之前看過的實驗室與小城鎮，在白色建料後緩緩被揭開，彷彿長久不見天日之物終於可以在太陽底下吐出一口氣。

即使太陽已被黑雲塵霧給遮蔽了。

原木色褪去後，他們所在的房間如同核心一樣被高高拱起，正好可以看見母艦所有的變化。星艦外殼向外攤去，竟然就這樣形成了廣大的金屬地皮。那些原本被隔離在玻璃帷幕後的綠色植物在上頭「長」了出來，很快鋪出了綠色的地毯，草皮與樹木之間點綴了那些「小鎮房舍」，格局方正，彷彿這些東西原本就是這樣被設計的。

青鳥目瞪口呆地看著原本藏匿在海下的黑島，竟然在高空中慢慢重組爲一座天空城市，那些以爲已剝離的部位滅火之後推移到了下層成爲備用機組，推動星艦的能源則轉化爲足以支撐起整座城市飄浮的高空動力。

「原先的新世界是建立在母艦之上的發展，這些才是阿克雷最原始準備給人們的禮物。現在這份禮物他們用不著了，但是我們能夠在這裡統治全新的世界，使他們回到應有的秩序。」凱達斯特與莉絲站在變得透明的房間高處，兩人的聲音同步傳來，少女們一左一右地伸出手，微笑著看向琥珀，像是雙胞胎般的動作。「來吧，阿克雷，將這個不盡如人意的世界毀滅後，我們便能重新執行計畫，永遠在一起，完善整個新世界。」

房間四周的透明牆分裂成許多小小的方塊往後散落，白金色金屬湧上，在四周環繞扭曲出新的框架，流動能量的光絲在上頭閃閃發光，好像整座城市裡最乾淨的力量都聚集到這處，那些被三騎士破壞的系統則被切割到下方敗壞處，讓草皮給掩蓋起來。

「從主機系統被破壞開始，妳判斷必須把星艦翻轉爲最終獨立城市的型態。運行高空城的浮力系統因爲過於重要，當時的設計是與母艦核心分開，並無連結在一起，所以不會被三騎士的病毒破壞。」琥珀嘆了口氣，打開虛擬影像，上頭出現了整座城市的構圖。

不過因爲前期破壞的程度較大，城市顯得有些坑坑疤疤的，並沒有預設中那麼完美。「凱達斯特，這只是妳最後的掙扎，就算妳有我們所有的授權，那又如何？早已廢棄的計畫我不可能再重啓，人們被轟炸過一次，現在各地已打開反星戰武器防護，過去的我設下的防線也差不多都該甦醒了，妳看蒼龍谷……」

少年抬起手，高空城市已不再是俯瞰角度，六翼的龍與淡紫色的植物飛龍在浮空城周圍雲層中穿梭，天空霸主的嘶鳴聲震動空氣，影響了氣流。

「蘭恩家留下了很多原本應該在這個世界飛翔的生命，控風之龍、掌水之龍、呼炎之龍，這些不是妳系統能夠掌控的，荒地之風收留的改造體也已經逼近。」琥珀看著浮空城虛影下方大量閃爍的紅點，有的特別明亮顯眼，代表這些能力者的強悍程度。「還有腦袋清醒的聯盟軍……」

「我明白，這是最後掙扎，因爲阿克雷不願意和我成爲一體整理這個世界，我將是不完美的核心主機。」凱達斯特微笑了下，美麗的眼眸中閃爍著近似人類的流光。她牽著莉絲的手，兩人一步步走向搭起的白金色陽台，俯看著浮空城瑰麗的城鎮土地。「所以，如果阿克雷不要我們，我將會掐斷浮力，承載所有的能源，砸向這塊第七星區。剩餘的能源與工廠產生的衝擊能量，足夠模擬小行星碰撞引起的巨大破壞。喔對了，我順便讓那些綠

眼睛的孩子們把有毒物質全都堆疊到第一時間的爆炸處，這污染估計也得收拾相當漫長一段時間；所以他們剛剛才會忙得沒時間收拾那些外來的人呢。」

莉絲偏過頭，像是心靈相通一樣接過了人造少女的話：「所以，你要和我們在一起，還是看著這個世界與浮空城同歸於盡？」

青鳥皺起眉，張開大大的翅膀，淡金色圖騰光紋流動時，某種看不見的力量突然扯住他的翅膀與四肢，銳利地在他皮膚上割出血線，還片開了一小塊肩胛骨，瞬間血流如注，染紅了白色羽翼。

「擬神的力量並不是只有你們第四家族能用。」莉絲抬起手，微笑著，黑紅色的圖騰在她的手、臉頰圈繞出來，黑色的羽翼刷開了如絲綢的長髮，直接張開，上面流動著血一般的紅光，一時之間竟然與青鳥的白羽呈現極爲強烈的對比。

「喔，對啊。」青鳥調動風的力量，切開看不見的束縛，然後朝對方回敬了同樣的風刃。

莉絲大笑了聲，拍動翅膀飛出了陽台，襯著背後灰暗的天空，抬起手，雷雲招來，隱隱的藍紫色閃光在逐漸染黑的雲層中奔動著。「來吧，第四星區的神子，我要把業火往下丟了，看看你們這僞神家族傳承了什麼可笑的力量。」

說著，她的手上燃出了黑色的火，居然真的往外甩出去，火焰在空中越團越大，像隕石般飛出浮空城範圍，開始往下墜。

這團火若掉下去，青鳥也不知道會怎樣，不過肯定不是好事，他連忙跟著張開大翅膀，以這輩子第一次開啟的能力，凝神控制大氣中看不見的東西，攔截住黑火。

「真傻。」凱達斯特笑了下，與空中的莉絲相對一眼，後者直接抬高雙手，彷彿不介意會多大限度地透支力量，整片天空瞬時轟轟作響，像快要塌下來，原先快要接近的飛龍被滿天空的落雷逼退出好一段距離——就在退出沒多久，帶著火焰的黑色火雨穿透雲層，竟就這樣大範圍往各地急射過去。「阿克雷，你思考這過程，我可要開始把剩下的無用人類清除乾淨了。你們阻攔了衛星武器，但阻攔不了極端能力吧。」

「這可不一定喔。」

隨著有點戲謔的聲音，應該要擴散出去的黑色火雲和火雨硬生生轉了圈，像是小型炸藥一樣於空中自行爆開，引起一陣黑紅色的氣流波動。

藏在雲裡露出獠牙的落雷好像也被看不見的手掐住般，往後潰散。

青鳥順著不自然力量的來源往下看，就看見波塞特和弗爾泰站在下方不遠的一塊草皮上，兩人的頭髮已成了火紅的顏色，那些火雨像是被他們合力控制住，不斷在空中爆開，一點雨水都沒掉到大地上。

另一邊，沙維斯持著長刀而立，髮絲的顏色都有些透明了，雷電在他身邊聚集成一圈，將上空違逆他意思的落雷逼回雲層。

然後更多力量感來自於浮空城下方，被破壞的大地、遭到碾碎的群山裡，紛亂錯落出現了大量能力者，不論是強或弱，竟然很有組織地按照能力分組成隊伍，臨時聯合的自然之力將來自上方的威脅一點一點頂開，撐出了一層守護星區的能力網。

琥珀往通訊系統看了一眼，笑了下，上面映出好幾個彷彿上輩子看過、熟悉卻又不熟悉的名字。

「這是來自於荒地之風與各星區臨時政府的聯合頻道，無論是聯盟軍或處刑者、自由之風、能力者，我們都以保護家園爲第一優先。」堇青的聲音從遠端傳來，既清晰又堅定。「荒地之風所有通訊網朝全星區開放，只要是想活命的，就站起來，不要再去想什麼狗屁事情，要對抗的只有頭頂上的威脅，活過今天，你們愛怎樣內戰再自己去內戰吧。」

「神之家族將開放武力後盾。」雪雀的聲音緊接在後，白色聖女並沒有被第一波衛星武器擊落。「以光神之名，展開聖戰，凡吞食破壞世界者，格殺。」

接著後頭又有幾個家族代表人出來發表幾句振奮生存者的話，很快地，七大星區都表明了立場，簡單粗暴——現在不想死，一致對外。

琥珀笑著搖搖頭。

有時候，世界因爲各自的貪念分崩離析，一個共同的敵人，反而會讓他們重新團結起來。如同最早時，星艦群攜手同心穿越漫長的星河，那時的人們也是和諧且美好的。

通訊陸續連結後，琥珀與青鳥兩人的私人通訊中響起了小小的雜音。

「眞的是你們嗎？」

聲音有點熟，但又有點陌生，直到青鳥看到上頭顯示的名字，猛然想起了這是很久以前，學校還存在時，聯繫他們的那個人。

盧林的聲音比在校內時成熟許多，已經不像男孩了，讓他們兩人一時之間沒聽出來。

「都什麼跟什麼，亂七八糟的事情一堆……你們知道星區大爆炸死很多人嗎……算了，沒事就好，我在臨時防護守衛隊裡，你們要活著回來喔，還得上課。」

青鳥和琥珀對看了一眼，不約而同地，突然笑了。

「這可以撐多久呢。」

波塞特一面引爆新一波流星火雨，一面閒談似地開口。他與弗爾泰背抵著背，一同引動極端能力，火焰力量從沒像現在這麼同步過，那是種好像被強者牽住手拉到同個高度的感覺，能力瞬間達到同水平，不用特別開口就可以感受到對方如何控火、如何將那些黑火收爲己用，對方長久以來高他一等的經驗似乎在能力同步中一起傳遞給他，讓他能快速學習。

好吧，他算是服了。

弗爾泰心情複雜地看了自己孩子一眼。

說實在的，他到現在還是很想讓青年離開，身爲父母，沒能好好保護幼時的他們，現在又讓他站在最前方面對這種危險，不管如何，即使死到臨頭都很不是滋味。

而且，他們原本有機會可以跑的。

在母艦變形前，原本他們幾人可以朝出口離開，只是沒有任何人的腳尖朝往那個方向，全都不約而同地踏上了新的金屬地板，繼續支援。

「你媽應該會氣死。」烏爾首領搖搖頭，覺得在浮空城下方的妻子得知這裡狀況後，估計會把他碎屍萬段。

「……當父母的偶爾要容忍小孩的任性不是嗎，而且我們有很多年沒對你們任性過了，解壓縮之後時間會長一點。」波塞特舔了舔發乾的嘴唇，覺得有點不好意思，尤其在

身邊男人猛地回過頭，瞪大眼睛時，他有點心虛地飄開視線。「你要包容……爸。」

「你再……」

「欸！你那邊沒問題吧！」強行打斷開始興奮起來的男人開口說出的兩字，波塞特一秒扭開腦袋，拍拍耳邊的通訊系統。「別給我噗唧倒下啊！在場的雷能力只有你啊喂！」

身爲在場唯一的雷能力者，沙維斯淡淡地勾了勾嘴唇。「沒事。」

他身上有許多傷口，全都像被刀刮過一樣，有的還不斷流血，不過啓動極端能力後身體素質一下子高漲了好幾倍，倒是讓那些傷口稍微癒合了，變得不那麼嚴重。

好不容易衝破風龍時當然有付出代價，沙維斯在外頭找到個醫療艙，把伊卡提安塞進去，接著將那玩意按照逃生路線送出星艦。他不知道這樣來不來得及救回一個即將崩潰的能力者，但至少可以延長一點他的生命時間，即使那風龍好像暫時還不會潰散，目前仍在下面被切割的空間裡亂七八糟地遊走。

連連戰鬥到現在，他的身體其實也快分解了，現在是用雷電支撐自己，即使如此，他還是凝神不讓上方的奔雷往下掉落，整片空域就這樣不上不下地凝結住，雷聲卡在雲層中轟轟作響，好像牙痛的人拔不掉壞牙正在無意義地呻吟。

他抬起頭，看見上方像是黑色與白色天使的兩人正在對峙，能力撞擊在一起，描繪於翅膀上的圖騰紛紛脫出，並在空中大大張開，一時之間竟然好像古代魔法陣般，層層疊疊的，既瑰麗又虛幻。

傳說以前的人類能夠驅使超自然魔法陣，直到科技代替了魔法，圖陣被嗤之以鼻，並遭到科技的取代。然而現今處於這些法陣之下，即使是啟用極端能力的幾個人都感到毛骨悚然，那些圖騰陣似乎是活的，每一個內含的能量彷彿血脈心跳般顫動，似乎一碎裂，就會有不明生命體從裡頭爬出來，像是真正的惡魔，或天使。

不過兩人像是彼此相剋，每當莉絲想從魔法陣裡帶出點什麼，金色的魔法陣總會撞碎那些能量，彼此居然就這樣僵持住，連一頭恐龍都沒爬出來過，只有黑色的雲霧和白色的雲霧彼此撞碎，不給對方一絲機會搞鬼。

「唉，從科幻片演成奇幻片了。」青鳥揮手再次打碎一個黑色魔法陣。

下面的人看不清楚，不過他很清楚看見莉絲的每個法陣裡都有小小的爪子想要探出來，不知道是連結到什麼空間。不然就是想弄個大爆炸、大毒陣，或第二波流星火雨、第二波冰暴雨……等等等的。他每次都得迅速地拿自己的力量陣去撞對方的，然後同歸於

盡，以致於他這邊也叫不出什麼藏在陣裡的奇幻生物。

一輩子只能用一次的能力，他媽的還不給看看有沒有獨角獸藏在裡面，眞是沒天理！

青鳥一肚子憤恨。

「你不要阻礙我們。」莉絲——或是該稱之爲被凱達斯特操控的莉絲，冷冷地發出聲音。「神之家族應該支持你們的神，不該違背。」

「對啊我支持我弟弟，琥珀大魔王，都說了不是阿克雷，你們連自己的神都認不清楚，就不要來管別人要支持誰啊。」青鳥懶洋洋地回嘴，正想努力打開一個帶有青草味的魔法圈時，突然有個細碎的聲音傳來，不是透過通訊儀器，而是直接傳進他的腦海裡。

那個聲音，讓他再堅持一下下。

於是青鳥放棄了一次攻擊機會，終於掰開那個青草味道的魔法陣，裡面傳來像是笛子一樣清脆的高音，同時，對方毫無阻礙打開的黑色法陣裡，也傳來熊般的不祥吼叫聲，接著黑色龐大的東西衝竄出來，與青鳥法陣內跳出的東西撞在一起——不是獨角獸，是白色的雄鹿，而且很大，一對巨大的金色鹿角直接朝那團像是黑熊的物體一撞、一翻，把疑似魔獸的東西掀飛出去。

高大的雄鹿抖抖身體，身側兩邊張開翅膀，氣宇軒昂地瞪視在黑色魔法陣上滾了一圈的黑熊……說是黑熊，也只是體型比較像，整張臉卻是老虎臉，還有巨大的獠牙與蝙蝠一樣的大翅膀。

於是這兩隻東西就這樣打在了一起，展開高空大戰。

如果不是時間、地點都不合適，青鳥眞想大聲叫好，然後多拍幾段影片留念，畢竟不是人人都可以看見這種不知哪來的奇幻生物打架。

然而現在只能遺憾了。

莉絲不滿狀況再次僵持，正要打開下一個魔法陣時，突然發出短而急促的尖叫，雙手摀住腦袋，表情痛苦，好像被誰一錘敲了頭，痛苦萬分。

「忘記我們這邊還有調魂了吧。」青鳥深深吸了口氣，讓棲伏在自己身上的精神力量越過時間與空間，重擊了惡神的頭部。

在上方所有人都沒看見的地方，黑梭拍拍大白兔垂下的腦袋，髒兮兮的布偶失去了靈魂，柔柔軟軟的身體無力地順著牆面坐下，無機的寶石紅眼睛黯淡下來，原本自由操作的小甲片也全沒了動力，收回布偶身體中消失光芒。

野獸能力者端端正正地擺好布偶，讓這無數次出現在第七星區造成聯盟軍噩夢的玩偶以他認為舒服的姿勢坐好。

青年虔誠地收回手，發自內心感謝地彎起笑容，朝不再站起的處刑者道別。

「再見了，兔俠。」

莉絲整個人從空中掉落。

砸在一個還在轉動的黑色魔法陣上，黑色的大翅膀像兩條被單攤在她身體兩側，一時竟不知是死是活。

青鳥再次出現在琥珀身後，像是守護天使一樣。

「凱達斯特，我的回答依然是不。」琥珀輕輕開口：「這世界罪該萬死，但是我喜歡這上面的人，我想要回到我覺得很煩，但是並不討厭的那些人身邊，陪他們過下去。」

少女微微低下頭。

好幾個視窗在她身邊打開，不知道是誰錄製的，景色與人物全都不相同，不過共通點是都有群吵吵鬧鬧的人，還有「長得很像琥珀」的少年。

那些人打著鬧著，在影片中似乎相當開心。

然後影片一個閃爍，一個個出現了和琥珀相似的少年的個別畫面。

其中一個朝著攝影畫面開口：「我喜歡他們，我認為世界還有更好的事物。」

另一個也跟著開口：「這世界還有值得留存的必要。」

接著陸陸續續，每個都開口說出相似的話。

所有畫面被按下了倒轉鍵，不自然地快速回溯，然後炸開，最後只剩下一個，也是最原始的——

阿克雷在書房中轉過身，露出了極為溫柔的笑容，湖水綠的眼中帶著寵溺，就像只專屬某個人一樣的溫情。「即使妳是羅納安家族那無法告人的體質，我也想給我們一次機會。讓我自私一次，陪著妳永遠沉眠，新世界就交給未來的人們，如果這是錯誤，就讓光神來處決我的靈魂與裁斷整個世界；如果這是正確，我們能夠一起含笑回到母星的懷抱，永遠安息在母星的星河長流。我們所揹負的，確實該卸下來，而……而孩子，讓他自由，讓他走他想要的路，和未來的其他孩子一起笑，一起過奇怪的生活。」

說到奇怪時，阿克雷不自覺地笑出聲來。「天啊，正常人的生活就是這樣思考的嗎？我太久沒有思考過普通人生活的方式，原來讓孩子去踢球和郊遊是奇怪的生活……」

頓了頓，阿克雷噙著笑意，輕鬆得好像不是帶領全人類渡過宇宙的救世主之一。「莉絲，我很喜歡妳，我們永遠在一起。凱達斯特，妳的能力已經足以成為新世界核心，即使

沒有與我整合共存，妳也絕對可以運轉整個世界。我很高興能擁有並認識妳們兩位，下一任的世界監督會從家族中選出，之後我便能放下重擔……如此，是否就是當初那位想告訴我的話呢？」

阿克雷摸摸臉頰，似乎在回味著某種感覺。

影片到此結束。

凱達斯特重新抬起頭，露出微笑，一如那修飾過的完美笑容。

「但是，我拒絕啊，我的世界裡如果沒有阿克雷這個歸宿，就是不完整的系統，無法完美的核心系統，該如何運轉整個世界？」少女深深看著琥珀與青鳥，身體慢慢飄浮了起來，原先漂亮的眼睛閃過紅色的光。「阿克雷無法修復，系統故障難以排除，世界……世界不可存……」

人工智慧到底有沒有心？

青鳥瞬間好像看見了帶著屍體的領航者。

他突然想要伸出手抓住那名少女，很想要和這個超級系統坐下來重新聊過，扳正一下她的奇怪人生觀。一道身影從他旁邊衝出去，青鳥還來不及驚愕，就看到琥珀撲了上去，用力抱住凱達斯特的身體。

「我們都不須要被修復。」

琥珀抱著冰冷的擬人身軀，即使特殊材質讓她的皮膚足夠柔軟，但還是沒有人類的溫度。「其實我們都錯了，有些東西，需要的只是安息。」

黑色的羽翼在少女身後張開。

不知道什麼時候，瞬移到人工智慧後方的莉絲伸出雙手，從背面一起抱住凱達斯特和琥珀，兩人默契十足地伸出各自的手掌，貼在少女的前額與後腦，異口同聲說道——

「第一家族最大權限。」

「第二家族最大權限。」

「『解鎖』！」

凱達斯特的雙眼變成銀白色時，附近空氣被撕開了一條裂口。

青鳥清清楚楚看見了裡頭有一顆拳頭大的銀色光球，能量在上面波動著，好似心臟緩緩跳動。

他知道那是什麼。

擬神的力量讓青鳥眨眼來到光球前，他一把伸出手抓住小球，巨大的能源果然瘋狂往他身上衝來，一口氣炸碎了他身上殘存的發光圖騰——他都不確定自己有沒有尖叫出來，總之連白色的大翅膀都被震碎，被血暈染的羽毛像雪花般炸得滿天都是。

青鳥摔在地上時，失去光芒的銀球從他手裡滾出來，他躺在自己的血泊中，看見小球滾了一圈鮮血，停在黏膩的深紅液體裡不動了，就和他一樣。

他覺得全身骨頭都被震碎，一根手指也抬不動，視線有些渙散，但仍能感覺到身邊的事物，擬神的力量還沒完全消退，所以暫時身體不太痛，等到能力散去，可能會痛得馬上昏倒。

莉絲和琥珀鬆開手，各退開了一步，輕飄飄地落在地上。

黑色的羽翼在莉絲身後慢慢碎散，她微笑了下。「我對人類的仇恨永遠不會散。」

「我知道。」琥珀坐倒在地，閉了閉眼睛，然後睜開，看著女人。「妳恨妳的，我喜歡我的，就行了。更何況那些人早就都不存在了。」

「……我明白的，阿克雷不會回來了。就算無數次復活你，你都不是當初跟我說要陪我永遠離開的那個人。」莉絲慢慢走到少年面前，蹲下身與他平視。「我恨世界，恨自己，恨阿克雷離開我，也恨你……生在這個不合適的年代，有這種不合適的身分。不然，你可以好好地過『奇怪』的生活。」

「現在的已經夠奇怪了。」琥珀笑了笑，血絲從唇角拉出一條紅線。「雖然很煩、很亂，那些人又笨得要命，但是也不錯。」

「那就好。」莉絲伸出雙手，冰涼的手掌捧起琥珀的臉頰，然後輕輕在他額頭上吻了一下。「那就好。」

然後女人露出了純粹又略帶天真的笑容，璀璨得像是星空中的寶石，身體逐漸透明了起來，最終粉碎。

紅色的花朵落在地上，這次不再具有形體，而是潰散成粉，呼嘯的風一吹，什麼也沒有了。

第八話▼▼▼最終……

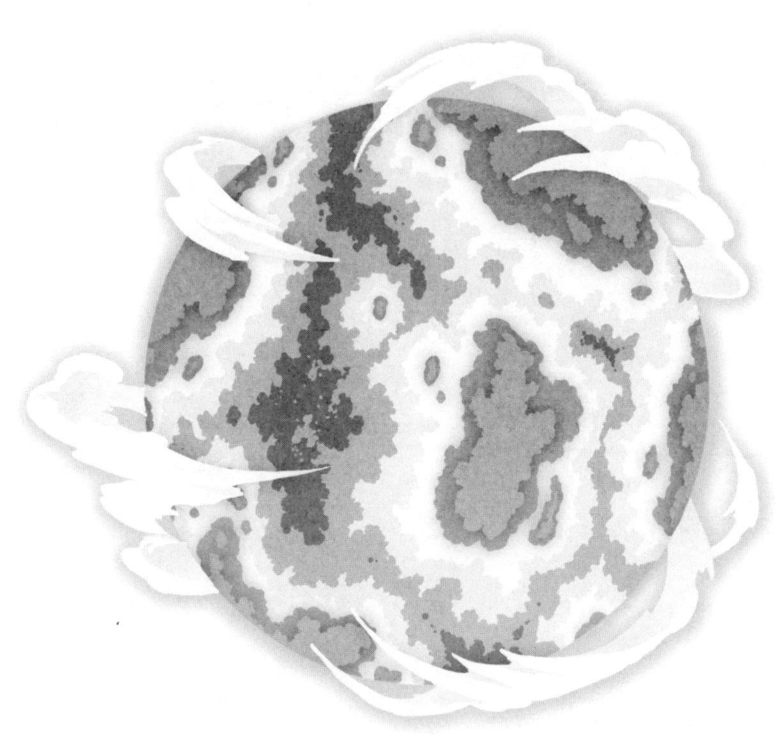

「你們沒事吧！」

波塞特和黑梭好不容易爬上最高的核心點，看見青鳥趴在一灘血裡面，四周還是白白黑黑的各種鳥毛，兩人同時吃了一驚，一前一後去扶人。

走比較前的波塞特扶起青鳥時，發現他身上的骨頭好像都被打斷了，整個人軟得沒力，一雙眼睛半瞇，氣息微弱，背後炸得血肉模糊，都可以看見那些破碎的白骨。而且讓人覺得不妙的是，原本強大的擬神力量好像收不住，不斷往外潰散。「該死！這裡還有醫療艙嗎！」這一看明顯就是超用能力，長大的青年身體突然抽搐了兩下，逐漸縮回原本的小孩子體型。

黑梭攙起琥珀，還來不及檢視對方，突然感覺浮空城頓了下，發出一種大船側傾的怪異聲音，原本閃閃發亮的城市能量光猛地像是被熄滅的燈，快速黯淡下來。

「凱達斯特……凱達斯特死前啓動了城市毀滅，快離開這裡。」琥珀一口血差點嗆住，連咳了好幾聲才吐出來。他掙扎了下，伸手握住青鳥的手腕。

波塞特兩人看見青鳥的傷勢竟然慢慢地恢復，開花的皮肉碎骨雖然復元緩慢，但已重新黏合，也不再大量出血。但轉過去一看，琥珀的臉色變得異常慘白，抓住人的手背都出現了不自然、有點發黑的青筋。

「夠了夠了，快點找到醫療艙把青鳥送出去就好了。」波塞特不得不充當壞人，強迫地分開他們的手，以免讓琥珀過度使用那種不明力量。「沙維斯和我爸已經找到接駁口，上面有一些飛船，我們從那邊離……開……」

後面的句子差點被巨震打散。

因爲在最高處，所以一眼就可以看到浮空城到處都出現不自然的爆炸，好像有什麼在各地引發爆裂，還滲出估計有毒的黑紫色霧氣，一些綠色樹木被那些霧氣沾染後，立即遭到腐蝕，直接乾枯崩碎。

黑梭與波塞特對看一眼，兩人飛也似地各揹起一人，以最快速度撤離這座正要掉下去的惡神之城。不過才剛踏出沒幾步，黑梭身後的少年突然掙動了下，差點摔下去。

「你們先過去。」琥珀吸了口氣，覺得肺部整個疼痛。「凱達斯特死機了，浮空城這樣直接掉下去會把第七星區砸成廢墟，我去主控室重新啓動第一家族系統，強制讓它不要衝撞地面。」

「不能像平常一樣隔空處理嗎？」黑梭一邊說也不耽擱腳下動作，和波塞特先趕出一小段路。

「不行，剛剛掐死主機了，那是重大損傷，重新啓動要手動。」琥珀推了下黑梭的背，很不合作地掙扎，讓對方不得不停下腳步。

「琥珀弟弟……」波塞特正要開口，突然被身邊的夥伴打斷。

「我陪你去。」黑梭冷靜無比地下好決定，「波塞特你先帶青鳥快撤，蒼龍谷還在附近，琥珀弟弟肯定不是想去自殺，我們有辦法離開。」

波塞特皺起眉，在兩人臉上看了幾秒，然後點頭。「好。」

「阿提爾。」琥珀輕輕喊了聲，他不確定那個人還在不在。

幸好，半晌之後空氣中浮出很淡的身影，幾乎已快看不見了。阿提爾帶著微笑看著他們，「我的系統也快死去了，就由我來送他們離開吧。」

「麻煩你了。」琥珀點點頭，看著那很淡的身影領著波塞特兩人穿過崩毀的長廊，消失在轉角處。

等到其他人走光，黑梭才嘆了口氣。

「沒有手動的系統。」雖然能力還沒恢復，但說謊的味道，他嗅得出來。

「嗯，沒有，剛剛暴力把主機捏死，能源炸開的波動太強，備用系統也被炸壞了。」

琥珀又咳了下，捂著嘴巴的手全都是血。

「你和青鳥弟弟沒死，是因爲你的能力，還有惡神的能力。」黑梭可以感覺到少年身上似有若無的清冷氣味正在解離。他不知道那是什麼能力，並不在他所知的範圍中，但是能肯定的是，這是某種強大力量殘餘的碎粉氣息。

「凱達斯特的主機裡有微型光能反應爐，足以提供一座小城市數百年的用電，這讓她能千百年不休地運作，原本沒想這樣破壞的。不過學長應該是誤會我的意思，真的用暴力捏碎主機，那時候我只能架起相同力量的防護牆扛住……」琥珀勾起唇，抹掉一半血的手掌上有著緩緩消散的銀白色圖騰。「擬神的能力果然負擔很大。」這一炸，幾乎把他剩下的壽命全都炸沒了。

不過當時一起幫他支撐的，還有莉絲，否則青鳥不會只是受那點傷。

承受大部分衝擊力的莉絲用盡全身力氣，這次應該是真的能夠「安眠」了吧。

「所以你最後用了什麼力量？擬神嗎？」黑梭重新揹好少年，在對方指引下走向另一條不穩又黑暗的通道。

「奪取者的……『奪取』。」琥珀把臉靠在青年厚實的肩膀上，微微闔上眼睛休息。「我們最原始的血脈力量……無限放大的奪取……暫時不用吃藥，現在我還可以偷點你的能力。」那個白目的青鳥跟了他一路，始終沒發現自己的力量往誰流過去。

「偷吧，又不是什麼很強的能力。」黑梭聽著身後微弱的聲音，放輕腳步，不過衝刺的速度不變。

他已經可以感覺到浮空城的浮力逐漸減少，城市明顯失重。

最後，他揹著人來到一個小小的房間，不是主控室，也不是其他控制室，看起來像間書房，兩側陳列了一些古老書籍，不過因爲浮空城正在墜落，裡面的擺設早就亂七八糟地碰撞成一堆。

「那邊。」琥珀抬起手，指向一張不起眼的書桌後方，那裡有個小木櫺子。

黑梭走過去，發現櫺子是可以揭開的，翻開上層蓋子一看，下方有一面很像拼圖一樣的切割面。這時他好像福至心靈一般，突然知道接下來要幹什麼，先把琥珀安頓在旁邊的小躺椅後，他快速將那塊拼圖恢復完整的模樣。不知道是不是少年已經解開授權，總之，他在動這些東西時，只看到邊上湖水綠的光芒一閃，接著就沒受到任何阻礙，直到整張圖拼好，輕輕向下一按，發出了「喀」一聲。

「其實很難逃走對吧。」黑梭在小躺椅邊的地板坐下，地毯還挺軟的，好像有人天天維持這裡的環境，千百年來一絲不變。

「我想一個人來的。」琥珀弱弱地開口。

黑梭抬起手，摸摸少年那顆聰明的腦袋，「沒事，說了走到最後就走到最後。」

少年勾了勾唇角，再次閉上眼睛，頭一歪靠在軟枕上，呼吸逐漸平穩。

有時候，等待死亡的時間，不知道是因爲已經接受還是怎樣，突然會讓人有些無所謂了起來。

黑梭打開隨身儀器，和波塞特那邊的通訊他已經截斷了，雖然認識不久，不過他覺得那些人很可能會無腦地衝過來，也許是用飛船或其他方式，把這裡搞得亂七八糟的同時，也想試圖帶來一線生機。

他總覺得琥珀是刻意想自己一個人來到這裡，很可能是坐一坐他印象中那把椅子，然後在上面安心地迎接自己最後一刻，不讓任何人看見最終的樣子，就像很多年前，那個擁有原記憶的主人在這裡被無聲無息削了腦袋，直到很久才被人發現。

少了母艦的干擾，儀器的一些功能恢復了正常，能夠打開外面的畫面，讓黑梭看清楚自己剛才啓動了什麼。

往下掉落的浮空城正在快速瓦解，不是那種大塊大塊地分裂，而是像被細膩地無數次切割，每個白色建材小碎塊都準確地切成兩指大的小小方形，從城市邊緣逐漸自行粉碎。帶著火焰、帶著毒素，帶著從裡面被拋出來的人造人，不知道誰家的小玩具、商店的小飾品，古代的衣物，順風甩飛出去，幾百件地在空中像旗幟一樣張開。

雖然主機死了，不過浮空城的部分動力仍在，下降速度沒預想的快，爭取到城市更大限度的瓦解時間。

不過那些飛船、潛水船……等等的人工物品看來是不會分裂的，希望底下的人撤得夠快，在周邊產物因為建材消失而掉落之前，可以完全躲開。

黑梭自嘲地笑了下，估計這個房間是最後粉碎的地方。到時候自己和琥珀就不知道會從哪個高度往下掉了，人生還眞沒想過會經常墜機。

正當想要留個什麼話給其他人時，黑梭皺起眉，嗅到了不屬於兩人的奇異血腥味。他豎起耳朵，聽見了拖著腳步的聲音，正慢慢地經過通道，往他們走來。

越靠越近時，他好像聽到了詭異的抽氣——很沉的呼吸聲，好像喉嚨整個糊在一起，聽起來很痛苦的聲音，而且還有一股皮肉焦糊的味道。

黑梭站起身，手按在能源槍上，直到「那東西」出現在書房門口。

是個人……他不確定是不是正常人，總之應該是個人，全身血肉模糊，像是被業火焚身過，眼睛部分是兩個窟窿，嘴唇都燒沒了，只得張著的嘴巴裡沒有舌頭，奇怪的呼吸聲就是從焦糊的喉嚨深處傳出來。

突然分辨出焦苦氣味後那熟悉的氣息時，黑梭整個人毛骨悚然了起來。

「你是……柏特？」

聽見了名字，那個燒焦的人喉嚨裡發出難以分辨字句的聲音，好像在哀號。

黑梭不知道對方是怎麼走到這裡的，以對方身體的狀態不應該會走動，而且也不確定這是不是「柏特」本人，特別是在他看見血肉模糊的身體裡隱約有奇怪的流光時。

他其實不算很熟悉這個人，大致上只知道是青鳥他們學長，以前交手過幾次，後來和強盜團合作，被波塞特燒了之後一直躺在醫療艙沒送回去，青鳥他們八成都忘記醫療艙裡還躺著這麼一個人，也沒想到他竟然還活著走出來。

先不管其他部分，總之黑梭現在看著這人搖搖晃晃地踏進書房，只覺得全身一毛，以前不管對上多少敵人都沒讓他有這種頭皮炸開的感覺。

焦糊的人發出了一串聲音，好一會兒，黑梭才聽出來其中隱隱夾雜著一小段話——

「……格殺……殺……永遠不……會原諒……星區……所有人……類……」

黑梭滿頭霧水，不過柏特帶著殺意這點是確定的，特別是他身體裡那種小流光穿透皮肉炸出來之後。一根一根像是尖刺的東西整個刺了出來，把焦糊的青年改造成刺蝟一樣的殭屍，搖搖晃晃地朝他們走來。

還沒考慮到底要不要一槍崩了這個倒楣的學生，黑梭先看見蒼白的手從自己後方伸出來，筆直地過去，被一根尖刺穿透掌心，然後按在皮肉分裂的額頭上。

琥珀好像沒感覺到掌心被穿刺的痛，只是笑了下，語氣有點溫柔。「我是阿克雷，最高指令解除，沒事了。」

那些尖刺瞬間萎了下去，穿透琥珀手心那根直接化成液體消融，不過「柏特」還是站在原地，被銀刺戳著，一時沒能倒下。

慢慢地，所有尖刺融化，從人類身體脫離。

琥珀扶著柏特，手仍然按在對方的頭上，「噩夢到這裡結束就行了，回學校去吧。」

黑梭看著那倒楣的學生在琥珀手下慢慢癒合，焦掉的肢體長出新皮，彷彿進了最高效的醫療艙，一塊塊肌肉飛速長回來，支撐起同樣脆弱的新皮，嘴唇與眼皮鼓脹了起來，變形的骨骼正在重新矯正出原先的英俊面容。

少年一口血噴在他學長變得乾淨的臉上，然後把人推給黑梭，自己抹抹嘴。

「我只是休息一下，現在改變主意，我們該溜了。」琥珀看著黑梭打開的畫面上，城市被分解了三成，大致上還有十多分鐘就會完全毀滅。他才抬起腳，突然又無力地整個人跪了下去，「嘖……」

他能走完最後這段路嗎？

「力量崩潰了吧，就說不能過度使用。」

——這話不是黑梭說的。

黑梭和琥珀不約而同抬起頭，看見書房門口站著另一名少年，千百年前記錄中那雙綠眼睛似笑非笑地看著他們。「我來撿尾刀的，你快要死了，要和我們一起走嗎？我們會帶你回羅納安的地方。」

琥珀看見少年身後站著紅髮的男孩和白髮的小孩，一如當年。

「無所謂了。」琥珀無力地靠在黑梭身邊，腦袋一陣陣暈眩，什麼都做不了。「就是不太想心平氣和地被帶走。」

綠眼睛的少年——初光，歪著腦袋，似乎在想某些事情，隨後說道：「我不太能干涉世界的事，可能轉身你那些小夥伴很快就不記得我們來過，所以這些殘局我也沒打算管。

這個『新世界』的人口死了快一半，綠種族過陣子可能會重返世界，人類安穩控制世界的局面會被打破，未來大致上就是這個發展。」

「干我屁事。」琥珀嘖了聲，翻翻白眼，「從一開始，就是干我屁事。」

「阿克雷當年有你這種體悟估計就不會給你留個爛攤子。」初光蹲下身，在黑梭警戒的眼神中輕輕摸上琥珀冰冷的額頭。「你還吊著一口氣是因爲調魂連結的人，你怕死了這最後聯繫會斷，我幫你接手吧。」

「嗯，謝謝。」琥珀慢慢看了眼身邊的黑梭，似乎是想要把最後在自己身邊的人給記清楚，他看得很用力，也很吃力，直到視線泛起了黑霧，逐漸把一切都模糊。「請把他們兩位送到安全的地方，他們是很重要的朋友，還有其他人……」

「我會保證他們安全。」初光眨眨眼，不知道爲什麼，琥珀覺得那雙眼睛好像含著某種奇妙的光芒。「放心吧，也就是幾年的事情，很快就會再相遇了。」

琥珀點點頭，眼前的黑幕像是舞台劇完結一樣拉了下來，準備開始謝幕儀式。

他這時候覺得有點冷，還有點後悔。

那矮子煩歸煩，最後沒聽到吵吵鬧鬧，也是很可惜的。

用鼻子吃湯圓的智障，大概連阿克雷都沒見過，如果阿克雷始終沒有離開，像是正常的父親一樣在他身邊，大概當時就會被嚇得目瞪口呆，搞不懂爲什麼人類的大腦會這麼突變。

黑梭聽著少年呼吸停止時，想要用盡全力抱住對方墜下的身體。

然後他手一空。

脆弱的紅色花朵輕飄飄的，跌進他的掌心裡。

而後

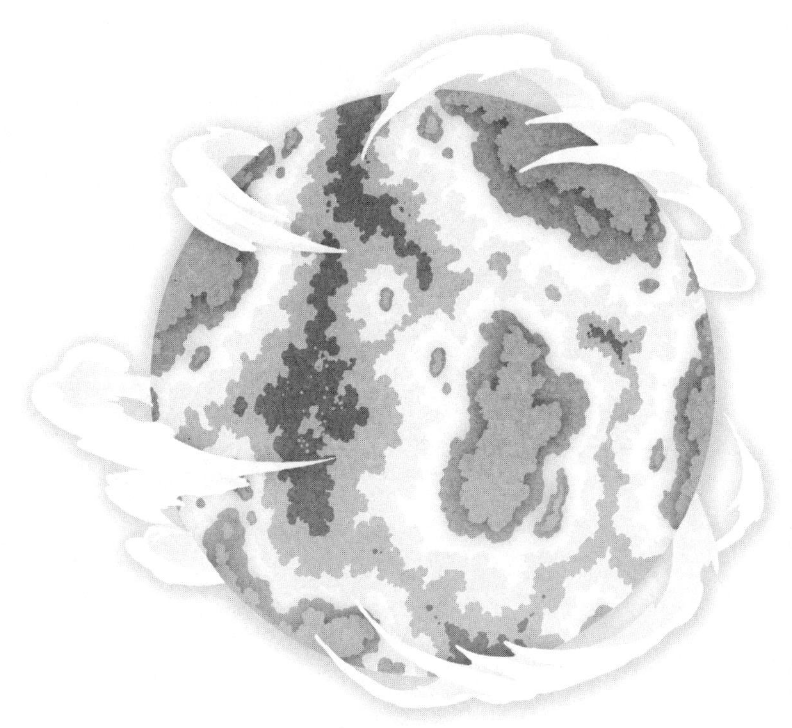

後來，七大星區經過很長一段痛苦時期。

存活下來的人們在聯盟軍和能力者的協助下，好不容易才把剩餘的人造人完全掃蕩出視線外。只是那些人造人很狡猾，不知道究竟被輸入什麼指令，有些溜走的滲透到人類社會中，取得了新的資源，便開始製造同伴，試圖繼續進行消滅人類的計畫。

彷彿要讓人類滅絕的指令已經刻進他們那些人造的靈魂當中，不死不休。

爲此，聯盟軍與處刑者達成了共識，破除原本的分歧，撥出菁英人手組成同盟，合力挖剿潛伏的人造人，力求早日連根拔除。

不過最讓人們痛苦的並不是這些恐怖的人造人，也不是破碎的房子、燒燬的財產，而是在那天遭到衛星與地面毀滅武器打擊之下，死得不明不白的親朋好友——事發當時什麼都來不及反應，只知道身邊珍愛的事物灰飛煙滅，直到好不容易緩過來，他們才意識到這是多麼絕望的現實。

每個星區都設置了幾個大廣場，廣場上矗立一塊塊慰靈碑，數不清的名字被刻印在上頭。不是投影跑馬燈，是眞眞實實地刻在灰白色的石碑上，讓人有個懷念、安撫自己靈魂的地方。

災難後前半年，各地陸續傳來自殺的消息，少部分人受不了這種巨變，狂亂地結束生命。於是其他存活下來的，不論能力者還是一般人，又分出更多的心思安慰身邊的同伴們，也成立了不少互助團體，幫助受傷的人走出來。

波塞特和弗爾泰等人在那天落地後，立刻被烏爾的人接應走。

懸在上方的浮空城最終沒有掉下來，連那些不能分解的細碎物品，甚至交通工具，全都沒落下。不知道從哪裡竄出來的風龍在半空中炸成一張大網，穩穩托住所有會把人砸成肉醬的大小物品，承載了整座城市逐步下降，直到一天一夜後，所有事情塵埃落定，風才慢慢散去。

沙維斯是在一個山腰邊找到風能力者，醫療艙早就被不安分的患者給撬開，伊卡提安靠在邊上，衝著他笑了下，然後失去意識，被人七手八腳地塞進最好的治療儀器中，試圖拯救他破碎的身體。

一行上過黑鳥的人在事情過後，輕的整整躺了一個禮拜，重的如青鳥，則躺了半個多月，才讓烏爾的醫生點頭放行。

這期間，波塞特回了一趟芙西，接回佩特一起等待海特爾解凍和手術。

科技解禁了，有芙西和荒地之風出面，海特爾身上的東西終於可以取下來，像是除掉根刺般，讓原本還卡著個怨念的波塞特放心了。

因爲過度使用能力差點造成身體崩潰，波塞特也被芙西的夥伴扣押在醫院裡看管許久，等到海特爾完成手術，兩兄弟竟然剛好同時可以離院，不過對此波塞特並不太開心，因爲他是被自家哥哥一路嘮叨到家——烏爾那邊的家。

不過一回「家」，看見在打包行李的佩特，波塞特又炸毛了。

「你爆什麼啊，我當然得回第六星區做生意啊。」佩特直接朝波塞特腦袋搧過去，如同小時候教訓兩兄弟時一樣。「聽說港口那時候有不少能力者，所以我們的店只有半損，現在趕緊回去收拾一下，過陣子就可以營業了。」

因爲受到芙西的保護，當時黑島引動大轟炸，佩特幾乎是僥倖地躲過一劫，接著才得知波塞特等人後續居然遭遇那麼凶險的事。不光是波塞特，就連老經驗的弗爾泰剛回來時都幾天下不了床，大半星球被破壞的當下，烏爾還能調動珍貴的藥物來修復超用極端能力的損害，也得以知道他們親生父母財力與勢力的雄厚。

佩特算是放心了，即使很捨不得，但總是要讓他們一家人在劫難過後團聚。

「開什麼玩笑，妳才是家人啊！」波塞特氣急敗壞地嚷了一句，然後又被佩特搧了腦袋。

「講什麼鬼話啊，聽聽你說的是人話嗎！」

海特爾走進門時，剛好看見自己的兄弟被揍得一陣雞飛狗跳，就差沒上演當年小酒館的名畫面，他也懶得阻止了，反正總是會打出個結果。「我出去一趟，沙維斯要啓程回第六星區，我送他一趟。」

「什麼！你應該沒有要跟他一起跑掉吧！」波塞特立刻放棄和佩特的爭執，並且覺得爲什麼身邊一個個都如此難以溝通。

「誰跟誰跑掉！你神經病！之前受了別人那麼多幫助，人要回去了，當然要送一程。」

「呸！那個聯盟軍每次都想拐跑你，你那麼愚蠢，一定會跟著跑！」

「你才愚蠢！」

「愚蠢的人類！」

然後，佩特就看著兄弟倆一如往常捉對廝殺了起來，已經懶得勸架了，打算等他們吵凶一點後兩個一起打，反正揍一頓之後就會消停。

就在氣氛隱隱險惡起來之際，被妻子指使辦事的弗爾泰路過這吵吵鬧鬧的小廳。

黑島一戰過後，他們落腳烏爾在第七星區的臨時據點，傭兵團很快整理出一個分部，在妻子的資源調派與照料之下，過度使用能力的烏爾首領休息了三天便重新站起來，不過一頭像是要燃燒起來的火焰色頭髮還沒褪，與波塞特現在看起來真的幾乎就是父子樣，一大一小的火燒腦袋。

雖然死了很多人，烏爾旗下產業也受創慘重，不過弗爾泰還是覺得眼下這片光景是這幾十年來最好不過的畫面，就連妻子在忙碌中也露出淡淡微笑，比黑島之禍更早以前的苦難，連同這次打擊，都正一起慢慢修復著。

弗爾泰咳了聲，斂去不自覺彎起的唇角，讓自己看起來比較有父親和首領的威嚴。

一聽到聲音，波塞特和海特爾停下無意義的吵鬧，兩人不約而同轉向走進來的男人。

「爸。」最早接受這層關係的海特爾很自然地開口，「我等等要送沙維斯他們一程，小波又在無理取鬧。」

「就怕你和佩特直接一起送回去第六星區。」波塞特不滿地咕噥。

「回去又怎麼了，我們本來的家也在那裡啊。」海特爾反射性抬槓了一句，立即發現自己的說法不對，連忙看看佩特又看看弗爾泰，「我的意思……我……」

弗爾泰摸了摸海特爾的頭，「你們爲難了吧。」

「沒事，這兩個本來就該回家團圓，而且小波這傢伙安置好之後還得回芙西報到，現在只是不想分開在搗亂。」佩特連忙開口打圓場。如果有可能，她當然想將兩兄弟留在身邊，畢竟是從小看顧到大的孩子。然而人家親生父母在這裡，該怎麼選擇她也明白。

「好不容易有星區接駁飛行船，我也要趁有航班時趕快回第六星區整理我那小舖子了。」

「讓你們為難了嗎？」弗爾泰淡淡地開口重複方才說過的話，小廳裡另外三人一愣，臉上出現幾乎一樣的疑惑表情。

有時候，雖然血緣關係無法斬斷，然而養育疼愛的連繫卻也難以切除。

弗爾泰清清嗓子，用他自認為最有威嚴的低音口吻說道：「烏爾總部這次也被星區毀滅武器重創，重建無可避免，既然要重蓋，蓋在第六星區也不錯，地價滿便宜的……」

話還沒說完，他馬上收到海特爾閃閃發光的開心表情，就連波塞特本來很彆扭的臉上都出現驚喜訝異的神色，這讓弗爾泰偷偷在心中給自己點個讚，覺得這個決定真是正確無比的選擇，即使是他妻子提出的，不過他當然是第一個支持。

「謝謝爸！」海特爾開心地往男人身上抱了下，然後回頭拉著佩特說起了該怎麼一起重建小酒館，差點就忘記要去送沙維斯這件事。

「……謝謝……爸。」波塞特還是覺得有點扭捏，不太自然地表示自己的感謝。

烏爾的首領抬起手，在那顆火焰腦袋上搓了搓，趁著氣氛正好，順便說個他自己想到的意見：「那搬家時，你可以順便把芙西的工作辭了嗎。」

「滾蛋！」

剛剛還開心的兒子立刻翻臉不認人。

□

第七星區在這場災禍中，無疑是所有星區裡受創最嚴重的。

不但經歷了毀滅性武器的打擊，還被母艦與各星區派來的軍隊狠狠蹂躪，較小的村莊在這場人禍中直接蒸發於聯盟軍地圖上，即使豎立了慰靈碑，也無人可悼念上頭的死者之名。

毀滅性武器打下來之前就已慘遭血洗的第七星區政府早就名存實亡，就連收拾殘局都顯得異常無力。隨後舊日的聯盟軍官布蘭希出面統整了殘破的軍隊，分派任務讓人們快速組織起國民軍，接著輔助尤森指揮官擔任第七星區總長之位。

尤森上台後，一反先前第七星區的做派，立即與荒地之風、蒼龍谷兩大勢力攜手簽下各種互助契約，沙里恩和蘭恩兩個家族最大限度釋出人力與物資，許多荒地之風甦醒的能力者，凡是在災禍中沒死的，都降臨在第七星區當中。

一時之間，第七星區能力者數量與強度高過其他星區，很快地便把除了第四以外的另五星區軍隊打包遣送，透過第四星區雪雀總長的手腕斡旋，以及古老第二家族作為後盾，第七星區終於再次取得其他星區的立誓約定，不得隨意侵犯，並就這次的侵略付出代價，得到了一份十年內協助建造各地所需的物資賠償。

這次唯一沒有派出軍隊掃蕩第七星區的第四星區，則是建立了友好同盟，第七星區甚至邀請雪雀指派一組精通古代研究的學者隊伍，來協助處理母艦粉碎後掉落下來的龐大物資——原本這些天降的資源仍被各方覬覦，然而一來第四星區立場已經很明確，神的軍隊會無情處罰再次踐踏別人土地的入侵者，況且人家雪雀總長手上還有小型的衛星武器。

二來，整個荒地之風和蒼龍谷站在第七星區背後，那些神一樣的頂端能力者每天都在天空徘徊，讓其餘受創、同樣須要恢復的星區，不得不掂量能耐，暫時謹慎觀望了。

當時大地震動破碎也在全星區造成大小不一的海嘯，直到現在，大部分星區的近海土地依然一片死寂，然而仔細看，能發現那些殘破的村莊骨架中，已經長出了幼小的綠色枝枒。

「藤。」

曼賽羅恩在海邊找到綠能力者時，那名異色皮膚的青年正遠望著平靜的大海，不知道在想些什麼，身邊有一叢叢矮木，上頭的粉色小花已謝去，接著結果，短短時間內，半拳頭大的果實鮮艷欲滴，熟得散發出香氣。

黑島事件後，黑森林往各地送去綠能力者和森林之王特別照料過的種子，有了綠色能力者協助，那些種子很快長出糧食水果，解除了一部分災民差點鬧饑荒的問題，還適當地排除了一些大爆炸後遺留的毒素與輻射。

當然，那些污染問題在爆炸後不到一天便已進行處置，反應過來的各星區也總算恢復了星區防禦機能，開啓中和毒素與釋清輻射的防護，救下差點死於二次污染的倖存者。人造雲大量釋出，帶有各種藥物的雲降下雨水，清洗著血色大地，也洗淨輕微污染的人們。

藤回過頭，看見女性處刑者朝他走來。他點點頭，接過對方帶來的水瓶，然後引著女性看著周圍的矮木，「明天就能長成樹木，至少一層樓高。」這些是泰坦凝聚了力量，讓人給他捎來的，種在第七星區的大地上，至少可以減少數十年的生長期。

綠能力者可以感覺到泰坦在上面注入的強大生命力，這讓他心底隱隱有些憂慮，不知到對方透支了多少力量，會造成怎樣的影響。

那種生命力甚至分散到結出的果實中，如果沒被摘取，落到地上很快又能長出小樹，生生不息似地快速延展出森林。

若是被吃了，不管是能力者或普通人類，應該會感到十分輕鬆，果實中的生物養分恐怕相當高，會讓他們有好長一陣子精神飽滿，做什麼都很有幹勁。

曼賽羅恩看著青年，勾起淡淡的微笑。「等這裡工作告一段落，我們一起去黑森林走一趟，你也可以回去好好休息一段時間，釋放體內毒素。」

「好。」藤點點頭，朝女性伸出手。「恭喜妳，第七星區總長想邀請妳出任西區指揮官。」他們使用的聯絡網與人們不同，是利用植物電波傳送消息，所以幾乎在總長與親信剛討論完，綠能力者這邊就得到第一手消息了。

「是嗎？那我會回絕。」曼賽羅恩握住有些冰涼的修長手指，和對方悠悠哉哉地踏出步伐，走在矮樹之間，聽著海浪平穩的節奏。「我只想當處刑者，不想被聯盟軍束縛。他們看不見的地方，由我們看見。」

「嗯。」藤點點頭，笑得溫雅又輕柔，像根輕輕的羽毛拂過身邊戀人的臉頰。

天空中的紫櫻飛翔而過，身邊還有幾隻小小的飛龍玩耍似地旋繞飛舞，從那上頭掉下細細碎碎的葉片與花朵，如果不仔細看，還會以為是天空下起了唯美的花瓣雨。這是最近紫櫻和那些小龍們的工作——到處散播一些小種子，儘可能地將綠意擴散到最大。

這些綠色植物當然也傳播到了「末淵山脈」——就是當時被母艦砸裂大地造成第一批無數死傷者的地方。這片山脈目前被第七星區封鎖，一般人無法進入，不過每天都有大批各星區間諜從裡頭被聯盟軍與能力者掃蕩出來，可見裡面遺跡炙手可熱的程度。

說也奇怪，母艦中承載的各種物資全都墜落於山脈間，不管是毀壞的實驗室，或是那些勉強殘存的綠色植物、毀損嚴重的工廠，甚至一些不太重要的商品、書本等等，都慢慢地被搜尋而出，但人們怎麼找，卻完全無法找到曾在星艦上生活過的那些人——星艦墳墓似乎消失了。

那些資料上記載的、理應還保留在母艦中的重大貢獻者的遺體，一具也找不到，人形的東西最多的就只有人造人的殘骸，眞正的人類軀體就連一小片皮脂都沒留下。

最初各星區以爲這是神之家族爲了守護神的遺體所編造出來的謊言，實際上那些古代人們最後的身軀是被第四星區帶走加以封存。但是第四星區很快便釋出聲明，他們是眞的一具遺體都沒找到，被遣回各勢力的間諜也證實了這點。

所有古代人類的遺體就這樣平空消失了，彷彿他們己身不願重現於世人面前。

如此又過了小半年，第七星區的綠色土地鋪展了七成的大地。

雪雀總長再次造訪七星區聯合視察，並公開母艦遺跡進度時，後面跟了一大串非常有精神及活力的八卦媒體，似乎星區慢慢重建家園之後，這些媒體也跟著復活起來，開始幫人們找起了茶餘飯後的娛樂。

最近最大的新聞莫過於第四星區的白色聖女那名私生子，不知道從哪裡流出來的，青鳥使用能力而展開翅膀的畫面很快便廣發於各大星區的頭版。

黑島出現時，青鳥一行人被當作通緝犯丟上了懸賞榜，他與雪雀的關係便已曝光，災難後急於重建，這件事倒是被壓了下來，不過近期因爲這張照片又再次引起熱烈討論，只是熱的地方並不是那些想扳倒白色聖女黨派所樂見的方向。

許多媒體頭條都橫批：「天使降臨，對抗惡神迎來曙光。」再加上青年擁有的白色羽翼與金色長髮，淡金色的圖騰還像是聖光般點綴在身後，立即掀起了一波崇拜天使的熱潮，身爲母親的白色聖女連帶地也被編造出一堆奇異又神聖的傳聞，例如聖女得到了光神神諭，知道黑島即將帶來災厄，所以才會觸犯禁律產下神子云云。

雪雀看到這則報導時嗤笑了聲，相當不以爲然，不過她仍小心地將照片複製下來，存在自己的檔案庫裡。

「輿論啊，愚弄人們的言論。」坐在她對面的青年慢條斯理地對於這宗過度神話第四星區總長的新聞下了結論。「總長手下的操作程序也挺厲害的，這下子某些人應該不敢對那些小孩子們出手了吧。」

「難道沙里恩在背後沒有動動手指嗎。」雪雀禮貌地冰冷一笑，和面前的老妖怪互看了眼，彼此對那些照片的來源心照不宣。「至少，他們不敢對那些孩子們有動作了。」

當時被掛在懸賞板上的幾人身世被放得有多大，之後他們破壞黑島拯救剩下倖存者們的功勞就有多大。

兩名在各自領域統領一方的首領不約而同地望向窗外，享受這份不被打擾的難得寧靜，即使五分鐘後他們便要同時出席第七星區山脈整理的共同發展會議，兼討論未來各大星區的發展。

「……嗯，或許兩、三年後我會卸下職務，到時就不用再遵守聖女戒律。」雪雀看著綠蔥蔥的山色，淡淡開口。「往後可以按照自己心意過活。」

「喔？不怕被追殺嗎。」堇青似笑非笑地把玩著手上的小小瓷杯，覺得這復古的小物件做得挺不錯的。

白色聖女轉正精緻優美的頭顱，清澈如冰的高雅眼眸看向荒地之風的首領，「堂堂一個第三勢力頂點的荒地之風首領，連個弟媳都庇護不了嗎？那麼我認爲，或許這荒地之風的首領應該換人做看看。」

「如果瑟列格家族的人有意接手，我也不是不能放棄喔。」堇青眨眨眼睛，表示自己其實度量很大，隨時歡迎別人來篡位。

空氣與大地解開禁制後，沉睡在荒地之風裡的那些住客時不時四處搗蛋，對於大量頂端能力者的出現，聯盟軍表示了忌憚，眼下這時機還好，過幾年肯定又會因此引起一番風波。堇青正巴不得有倒楣蛋接手這個爛攤子，把往後幾年的衰事全扔給繼承者處理。

「不了呢，我一介弱女子，只希望能安安穩穩地生活，倚靠別人的保護。」雪雀當然明白眼前這老傢伙的心思，才不會一頭撞上未來的麻煩事。

她好不容易才藉這次黑島的事扳倒幾個長老和反她的家族，又把青鳥那死孩子捧成了天使救世，給自己策劃好一條後路，扔掉肩上那些煩心家族事之後，當然怎麼開心怎麼過，這次的事件讓她也看透了很多事情，例如當放則放，再怎麼攬權也就過眼雲煙，家族的榮耀她揹過了，她也爲聖女和天使造神了，該是急流勇退的時候。

若是不在世界元氣大傷時先撤腳，等那些反對黨喘過氣，很快又要揪著聖女私自生子一事興風作浪了。

雪雀職掌第四星區多年，很明白如果再不退，她就會錯過離開的最好時機，接著就是取她性命來培育下一任聖女的時候。

「我只好奇，下一任的衛星武器砲口會對著荒地之風嗎？」堇青略抬眼看了下湛藍的天際。高科技全面啓動的現在，扣除原本母艦的那些衛星武器外，人們很快便會啓動之前受限於空氣問題所停擱的星空武器，爭奪太空區域權。

「那得看看荒地之風的砲口會不會對著第四星區了。」雪雀勾起慵懶的一抹笑。歷史上蘭恩家退出政權是因爲他們「不爭」，不是因爲他們腦子不好什麼都沒有，他們懂得避開所有危險，在任何人都觸及不到的狀況下將自己乃至於所有族人都隱藏起來。蘭恩家從以前開始暗地在背後掌控的東西遠比其他人想的還要多，所以這些年蒼龍谷與荒地之風的地位才會如此屹立不搖。

兩人又對看了一眼，各自心懷鬼胎地笑了。

□

距離黑島事件一年之後，各地已迅速恢復了精神。

應該說，重啓的許多高科技令倖存下來的人們能過上比以前輕鬆許多的日子，讓他們復元的速度快上很多，除了心裡的傷痛尚且未必能痊癒以外，大部分商店街在聯盟軍與商會的幫助下，營運重新上了軌道。

走在昔日繁華熱鬧的大街上，能看見不少建築物雖然還在重建，往來人群也零零落落的，不過貨物流通買賣都順利運行。

一連串事件後，沙維斯回到了第六星區，聯盟軍因爲高層死太多，政權分崩離析，連他先前受制的軍團也死得七七八八。透過之前救下的能力者群才知道，當時人造人進攻直到毀滅性武器打下來，第六星區總長帶著大批聯盟軍與能力者擋在最前線，所以幾乎被炸得屍骨無存。

隨後聯盟軍勢力重組，年輕一輩的亞爾傑帶著剩餘的人擁立了新一派鴿黨的繼任人上位，同樣是個很年輕的指揮官，不過性格很好且很有想法，一上位首先加快收拾與修復經濟、醫療系統。七大星區全都遭難，誰也沒時間去對別人開火進攻——現在開火也等於自己找死，和全世界受害的人們對立。所以軍備經費大部分都暫時挪用到人民身上，存放在地底的幾座糧庫打開了七成，配合黑森林的糧食生長規劃，發派到各地。

雖然一開始的運行很艱難，但一年過去了，檯面上總算是有點像模像樣地安定下來。

額外一提，沙維斯回到第六星區後，發現關於自己……關於所有人的通緝全被撤銷了，包括他們的背景資料全被抹除，現在第六星區網路上基本找不到有關他們幾人的身家。而原本在第六星區的處刑者們，好像也被一隻看不見的手保護起來，過往許多在案的能力者檔案全都升級爲最高機密，不再被任意捕捉。

沙維斯在路邊的小店買了幾小束白色的花，他不知道名字，不過隨身儀器與店家提供的訊息都是「娜依蘭」。據說是災難之後長出來的，以前人類歷史上完全沒看過這種花朵。這種白花呈現半個手掌大的四瓣蝴蝶形狀，風吹來時細緻的花瓣會微微顫動，好像眞正的蝴蝶在飛舞，還帶著一股令人神清氣爽的幽幽淡香。

當年黑森林對抗人造人布下的巨大植物早已消失，根據記錄，黑島破滅之後，泰坦再度消失蹤跡，而那些會吃人造人的恐怖植物好像有自己意識般又縮回了地底下，如果不是地表的破損能夠作爲證明，那些奇異的植物彷彿幻覺般從未存在過，而蝴蝶小白花就是從這些被遺留的土地上長出來的。

人們很快就發現這種花沒有毒性，反而有安神的藥性，花香能使人身心緩和鎭定，風乾後能夠泡花茶，對脾肺有些微滋潤的效果，所以馬上被擴大種植，一時之間居然就這麼成爲第六星區的特產，在星區新政府的規劃下，目前積極外銷其他星區，廣爲風靡還供不應求呢。

街上的公共大螢幕不斷播放著各地的新聞，偶爾也會有能力者的消息被放上看板，忙碌的人們有時駐足，多看了幾眼那些穿梭在正義與邪惡中的威風身姿。

沙維斯搭上高速接駁車——高科技啓用一年後，交通運輸開放了對最高速度的限制，現在從第六星區搭乘飛行器到第七星區，也僅僅只要短短一、兩個小時。等空間系統更完善之後，就能重新做到類似星艦那般的空間跳躍，很可能跨星區轉移也不過是眨眼瞬間。

原先稱霸海面的芙西商船也因應潮流，推出了天空飛行船，分爲商用與民用兩種，在速度上依然是獨佔鰲頭，一票難求，硬是比其他飛行器縮短了許多航行時間。擁有如此尖端航運科技的芙西，背景仍舊是個謎。

接駁車很快到站，車上響起了站名，踏出站後，他有點失笑地發現附近也開了一些小花店，上回來的時候還沒有，白白大老遠提了這些花。或許是這一年來，墓園進駐了太多沉睡者，所以小商販嗅到了「商機」，紛紛靠攏過來。

災難過後，即使極力搶救，還是有部分受到毀滅性武器輻射污染的人們並未倖免於難，來不及救治的人最後在醫療艙中嚥下最後一口氣，名字陸續被列上了罹難者清單中。小小的墓園一下子「熱鬧」了起來，彷彿結伴回到母星的路上不那麼冷清了。

沙維斯在新立的墓碑前依序放下花，卡蘿，以及一些曾跟過他的聯盟軍們的屍體都沒有留下來，和許多人一樣灰飛煙滅，只能將名字刻在弔念碑上，由倖存的親友取了點他們生前的衣飾葬在這裡。

再往後走一小段路，是那名處刑者生涯很短暫的少女，黑森林的人將她下葬在此，她的處刑者之名還未廣為世人所知，不過當時被救下的人們看來還是記得和瑞比特一起出現的華服少女，墓碑邊圍繞著許多花朵，以及像是下午茶一樣的餐點，與幾套美麗的衣服。

沙維斯走過去放下花時，墓邊有著幾名平民，帶著孩子們，小孩子還不太懂事，眼巴巴地看著父母放了一盒點心在碑前，眨眨眼睛望著大人們，露出想偷吃幾塊的慾望。

當他們回到第六星區從黑森林那邊收到噩耗時，青鳥曾一度感到後悔。

他不知道當時他們帶著少女離開實驗室究竟是對還是錯，給了她無比短暫的自由人生，然後割取了她年輕稚嫩的生命。

「她最後是笑著的。」森林之王話語輕淡，不過也令不少人感到釋懷。

因為沙維斯這個陌生人的靠近，那些祭拜的大人們稍微抬頭看了他一眼，使用極端能力之後始終沒有恢復的蒼白色頭髮，立刻讓他們認出這是侵入黑島的其中一人，人們露出崇敬的目光，趕緊讓出一個位置。

沙維斯勾了勾唇角，用前所未有的溫柔微笑朝那些人點點頭，放下花束，看了眼不知道誰貼上的愛麗絲照片，精緻美麗的少女臉上露出寶石般璀璨發光的笑顏，取鏡的人非常好地將那抹風華捕捉下來，把最後的完美形象深植在人們心裡，這張照片後來也在能力者們的聯絡網上傳了很久，雖然出身弱小，並不出名，但也成爲某些人心中的紀念與激發勇氣的基石。

「庫兒可。」沙維斯蹲下身，擦去墓碑上一抹灰塵。「其他人現在都很好。」

最後，他走向了陪伴他最多年的墓碑。

已經有人佇立在前，曾經的黑色不再，同樣也是過度使用極端能力而幾乎完全透白的長髮在治療時被剪去，現在只剩及肩的削薄短髮，蒼白的臉上仍然沒什麼血色，遠遠看去，與那雙銀白色的眼珠一樣，透明得好像隨時會在空氣裡散去。

——能救回都是奇蹟了。

當時烏爾的醫生是這麼說的。

透用了極端能力，又在浮空島崩塌時托住整座城市，照理來說，這名能力者應該會就此崩碎成爲灰土，也不知道爲什麼，他竟然勉勉強強存活了下來，只是在醫療艙裡昏迷了將近一年，直到上個月才甦醒，身體有一半的機能都喪失了，如同被取走代價一樣，看不見、聽不見，也嗅不到，所有靈敏的觸感幾乎消失，原先的頂端能力雖然還在，不過殘缺破損的身體已不堪負荷。

如果再使用一次能力，這人就眞的會沒了。

「你來了？」

雖然沒了大部分知覺，伊卡提安仍然經由地面上微小的震動辨別出有人靠近。而會來到這座墓碑前的，也就只有那麼一個人。

沙維斯想著，依照現在飛速恢復的先進醫療科技，或許能在幾年後替這個人重塑身體，被能力崩解的人體能夠支撐多久他們都不清楚，醫師給出的答覆也不甚肯定，畢竟他原本應該分解死去，這麼活下來，倒像是有人動用了某種力量固定他的身體，只要不去捅穿，好像可以勉強這麼存在。

他走近青年身邊，在他抬起的手掌上寫下幾個字。「泰坦今早也醒了，黑森林那邊傳來消息，一切無恙。」

伊卡提安點點頭，表示明白。

森林之王在戰後的小半年內，做出了許多種子與幼苗，盡力把綠色植物遍布大地，隨後彷彿冬眠般進入沉睡，然後就沒再醒過，所有事務由陪在他身邊的蕾娜接手，有條不紊地繼續進行。

「拜訪過黑森林後，我們就可以去旅行了吧。」沙維斯惦記著先前的承諾，覺得眼下各地的狀況較為穩定，可以啓程進行一些勘查和旅行了。

伊卡提安偏頭想了想，然後點點頭。

偶爾會覺得，若是吉貝娜還在這裡，或許也會非常開心地蹦跳，迫不及待進行新一段的旅程吧，還是大勢落定之後，不用再揹負家族使命的新開始。

「當時，是起源神……」

「嗯？」沙維斯回過神，看著似乎想說什麼的青年。

「……不，沒什麼。」神離開大地後，人們不會記得，也就是他們這些古老血脈忘得比較慢。

伊卡提安記得，當時他的醫療艙不是自己打開的，是有人從外打開，他已經記不太清對方的模樣，綠色的眼睛與蘭恩家的湖水綠不同，那人摸了摸他的頭，原先應該崩碎的身體莫名穩定了下來，巨大力量回流造成的反噬衝擊似乎也消失了，好像有人把過多的力量給吸取走，代替他承受那些致命衝擊。

「就幫你到這了，好好等待救援，你的狀況就會緩解。」

當然，他並沒有好好地等待，而是引動風龍去托住浮空城。

或許當時他不動手，他的狀況不會這麼糟，很可能短暫休息一陣子後就能恢復原本的身體機能與狀況。

不過挺值得的。

「走吧。」

新的旅程，不知道會再遇到什麼。

「對了，我們先去海港區吧，聽說那小酒館，生意很好……」

□

時間又緩緩向前流淌。

大災難很快就在時光中變成兩、三年前的事情，當時被燒燬一半的黑森林恢復了原先的茁壯茂密，植物混種的飛行生物盤旋在綠意盎然的天空上。

「小茆！快抓住妳妹妹！」

甫從月神型態解除，降落在大樹小平台邊的小茆大手一張，直接拽住了沒丁點大就像砲彈一樣四處亂闖的小娃娃。

這玩意才不是我妹妹！

小茆翻白眼地將咯咯直笑的小女娃凌空往她那對父母身上拋過去。奇異的是，半大不小的娃娃並未直墜落地，而是輕飄飄地反重力般在空中轉了圈，悠悠哉哉地浮動，直到跑過來的露娜逮住這還想要往另外一邊衝刺的小物體。

「這是、姪女！」小茆義正詞嚴地糾正稱呼。

「辛苦了，這次妳離開得比較久。」阿德薩走過來，微笑著摸摸少女的頭。「第七星區如何？」

「挺好的，黑梭他們在沿海村落發派這次的物糧，上次泰坦試做的新種子培植得很好，第七星區的能力者們託我帶了些試作品回來。」這次代表月神組織出席荒地之風出借場地的全星區能力者大會，小茆取出一路小心保護帶回的盒子，有點沉，打開之後裡面裝滿各式各樣漂亮精緻的小點心，都是第七星區平民們的感謝。

露娜與阿德薩退隱後，兩人開開心心地組織起自己的小世界，幾乎不太管外面的事情了，目前月神之名由小茆繼承，通訊網與黑森林共用，由蕾娜包辦管理，分別發派傳遞

適合他們的任務，把資源整合起來，新建的通訊網下還有不少處刑者們慕名而來，願意無償前往各地幫忙夷平邪惡之事，黑森林儼然已經有些新一代處刑者總部的感覺。

「亞爾傑今天又來了喔。」露娜再度抓回自己跳蚤一樣的女兒，笑笑地開口：「被攔在外面。」

「哼！」小茆甩頭，氣鼓鼓地大步離開。

因爲小茆的意願，黑森林始終沒有對亞爾傑開放大門，看好戲的森林眾人把這名時常跑來外頭大喊「小茆小美女原諒我，我愛妳一萬年」的青年堵在外面，並下注究竟要多久月神才會願意走出來往青年臉上揮一拳。

總之，目前看來還遙遙無期。

就在小茆風也似地衝進蕾娜的情報室時，黑森林的主人踏著悠閒無聲的輕輕步伐從一旁走出來，原本纏繞在旁的藤蔓紛紛解開讓路，細碎的小花朵發出淡香，引得會飛的小娃娃直直笑著，還伸出手想要給綠能力者抱一抱。

泰坦對這種軟乎乎的人類小生物沒轍，也不敢伸手去抱，他覺得人類很容易隨便就死，所以在遠遠的地方就停下來，沉默地看著友人的小女兒魚一樣在她媽懷裡翻動，有即將跳出來的趨勢，看著相當不妙，所以他靜悄悄地貼著牆壁鎮定地往另一頭飄離。

阿德薩笑了下，覺得友人這種把他女兒當作洪水猛獸的行徑滿有趣的。幾乎什麼也不怕、什麼都不在意，扛下災後綠色重建的森林之王竟然對個小孩手足無措，恐怕連綠能力者本身都搞不懂爲什麼，只能眼巴巴地繞著幼童走。

就在綠能力者還沒逃出危險區而他的人類友人正想把他逮回來時，外面傳來了聲響，似乎有飛行器直接在他們外頭平台降落。

黑森林不論是陸地或是天空的防衛都很強大，就算是聯盟軍都不可能隨隨便便入侵，更何況是把飛行器開到主樹的降落平台上，這必定是非常親密的友方才有的特權。

泰坦收回腳步，轉而與其他人一起走向外頭的平台邊。

下降在黑森林主樹邊上的是架小小的白色飛行器，上面有著芙西的代表圖騰。不過這種大小的並不是一般商用規格，看起來反而比較像私人或是專門載運重要人物使用的高級飛行器，連速度都硬是比商用飛行器更快不少。

飛行器穩穩停妥後，流線形的機身打開了艙門，平坦的連接步道鋪了出來，直直連向降落台的通行口。

約莫十四、五歲的黑髮少女穿著一襲簡單的白色洋裝，烏亮柔軟的長髮紮成兩條辮子，隨著走路的步伐輕輕地在有些纖弱的背後晃動，讓林木枝葉間打下來的細碎陽光，帶起了有些晃人的亮澤。

「艾咪！」

不知道又從哪邊跑回來的小茆擦過露娜幾人身邊，張開手直接給外表年齡相仿的少女一個大大的擁抱。「我就知道你們也會過來！」

「小茆～～」少女也大張雙手，直接把小茆抱個滿懷。「妳應該跟我們一起回來呀，我們可以沿路看很多漂亮的衣服！」

「嗚嗚我還有事情要先繞去別的地方。」小茆很遺憾地說著，立即眼睛一亮，「不過我們可以等等一起去買很多漂亮衣服！你們這次多住兩天呀，第七星區現在也穩定了，兔俠應該不忙的！」

「好啊，我們晚上一起睡！」少女——艾咪有些歡快地和她的好姊妹牽著手，兩人走了幾步，後頭的飛行器裡很快滾出一個毛茸茸的兔子布偶，大約少女的腰部高，耳朵一豎，翻身站起，顛顛倒倒地邁著步伐，在兩人身上繞了一圈，筆直地朝阿德薩的方向走過去。太陽微光中，隱約可以看見兔子布偶身上的小小透明甲片。

「看來這次新的試作品很成功。」阿德薩接住往自己身上蹦跳的布偶，檢視著小裝甲片，很快地一排數據在他面前打開，完整列出使用狀況。

這是集合芙西、烏爾與荒地之風，還有阿德薩這邊的月神組織，一起開發出來的新型裝甲，很像兔俠之前用的那種，不過更小、更柔軟，新式材質不用時幾乎就像棉花一樣收納在小布偶的身體裡作爲塡充物，要用時，一次可以調動出成千上萬指甲般大小的甲片，迅速組合起來，成爲可變形武器。

因爲造價有點高，未來等材料穩定且可以大量製作之後，才會開始更進一步推廣給整個世界。

飛行器裡陸續又滾出幾個大大小小的兔子布偶，樣式一致，全都是白色柔軟的兔子，紅色澄澈的眼睛，像是小衛兵隊般笨拙地排隊並列在阿德薩面前等候校閱。

雖然看起來很無害，不過這支「小白兔兵團」前些日子可是直剿一支小規模強盜團的老巢，且將他們殺個七零八落，直到聯盟軍趕到接手，那些欺負小村莊的強盜團才總算沒有被殺乾淨。

跟隨在小白兔兵團後頭走出的是名青年，看上去頂多二十來歲，黑色俐落的短髮與高挑精瘦的身形，雖然並不特別有肌肉，但走路的姿態看起來卻給人一種非常穩健有力的感覺，就像一張古老繃緊的弓，蓄勢待發地隨時都能給予敵人打擊。

不過相較於身材，這名青年讓人更為驚訝的是有張帶著溫柔的文雅面孔，和一雙至今仍被人們喜愛的湖水綠眼眸。

然而如果是知道內情的人，恐怕會覺得有些毛骨悚然，青年的面孔竟然與第六星區的處刑者——伊卡提安的真面目很相似；與他們更相熟的人，則會發現他更像多年前那位已經離開所有人的少年長大版。

如果黑島一役，少年有平安存活下來的話，未來也該是長成這般好看的模樣。

「歡迎你們到來。」跟著小茆出來迎接客人的蕾娜越過不擅言詞的森林之王，非常友善地迎接飛行器下來的客人們。「已經幫你們準備好客房了，也聯繫了青鳥那邊，他下課後該是會過來的。」

「無妨。」青年勾起淡淡的笑容，然後拱起手——當時他醒來時因為太久沒有身體，幾乎連這麼簡單的動作都做不出來，肢體無法隨心所欲運用，復健了大半年才能像是正常人般自理生活，直到現在重回了兔俠組織，幾年過去了，嚴格的自我鍛鍊令他的身手逐漸有些當年矯健的影子，就是說話還是沒什麼改變。「在下此行也是陪同艾咪過來第六星區，叨擾各位了，這幾天的打擾之處也請見諒。」

青年——罄·十星，態度極為客氣地說著。

黑島災難的最後，艾咪與大白兔身為調魂能力者的一部分，選擇了攻擊被母艦操縱的莉絲，精神打擊讓惡神恢復自主意識，然而原本就已開始破碎的腦部連結也就此潰散。

磬當時原本感受到自己正在消散，雖然好像有看不見的手扯著他的意識一角，但是思緒依然一點一滴地散化，不過他是抱持著無妨的心情，最後留下了與艾咪告別的話語，踏上回到母星的星河之路。

然而出乎眾人的意料，磬在兩個月後「醒」了過來。

艾咪是在大白兔消失的當下就睜開眼睛，也清楚明白知道她與父親失去了連繫。詭異的是，原本應該在她手上的頭顱卻不見了，無論怎麼找都找不到，幾乎令她崩潰。是小茆陪著她走過那兩個月，還牽著她慢慢地習慣身體，從營養液中走出來。

沒有人能夠料到，大白兔的「靈魂」竟在兩個月後的一具陌生身體中甦醒，好像有人將他的腦袋與魂魄塞進了缺乏這些，卻還保持著生機的軀殼當中——而他好不容易照到了鏡子，發現這軀殼還長著一張遠古請願主的臉，遭受到巨大衝擊與驚嚇則又是後話了。

最開始，磬是在一座很小很小的山村裡醒來，山村處於第七星區的邊緣，當時人造人上岸把這偏僻的地方給忽略，毀滅性武器掃了半個村莊，留下了二十多個活口，因為遠離科技和城市，這座小村還挖有井水與排水道，以及保存食物的地下洞穴。那二十多人就是躲在這些地方逃過一劫。

災後他們在附近的斷崖發現磬，將他帶回悉心照料了兩個月，青年才轉醒，透過快速生長的植物聯繫上了正在各地奔波的藤和曼賽羅恩。兩名處刑者半信半疑地前來，才震驚地發現「阿克雷」被救活在這座小村子裡，村人們甚至認不出請願主的臉，還歡天喜地地迎接帶來物資的處刑者們。

隨後磬被帶回，大家經過一番確認，再加上艾咪的調魂能力，才終於完全肯定大白兔的靈魂與腦被塞進了這副身體的事實。

誰做的、如何辦到，至今沒人解開，就連磬本人都不知道謎底，成爲巨大的問號。各大星區應該怎樣都猜想不到，他們努力奔波尋找的「遺體」，眼下正活蹦亂跳，過著勤勤懇懇的新生活。

額外的驚喜則是，大白兔原本的體技能力似乎追隨靈魂一樣，也在這個軀體中顯現出來，這是過去阿克雷不曾有的能力，好像被買一送一地安放進來，完全沒有產生排斥反應。

磬．十星，現在是個被所有人極力保護的最大祕密。

不過可能是因爲換過了腦袋，這位體技能力者並沒有古老神祇那般的聰穎智慧，思考與記憶還是他原先的那些。

「兔子，你說要帶給月神組織的東西呢？」

最後走出飛行器的黑梭，看到一平台熱熱鬧鬧的，隨手抓起掛在他褲腳邊的偵查型小白兔，把巴掌大的布偶拋了拋，那東西自己長出小翅膀，歡樂地飛走了。

沒有了大白兔後，醒來的艾咪重新編織自己的調魂能力，將精神力安置在這些小布偶裡，一次可以隨心所欲控制十多隻，沒事還能看到小白兔兵團在那邊跳大腿舞，特別受到小孩子喜愛，以致於兔俠組織目前擁有大批未成年粉絲。於是黑梭乾脆隱名另外開了間小店，專賣兔俠布偶，有專業工廠製作各種尺寸，暢銷多了營收之餘，還可以提供艾咪的小白兔兵團使用，一舉兩得。

「啊，在第三個收納箱裡面。」磬腳下如風地跑回飛行器，隨後拿了幾件小東西出來，大多是水晶一樣的小球，不知道裡面保存了什麼。「這是近期搜索一些古代遺跡時，因爲辨認出阿克雷的基因，而被開啓的暗格內的所有物。」

得到了一具神的身體之後，磬和黑梭很快發現附帶而來的神祕事件增多。

在探索一些古代區域時，會突然有某種東西掃描磬的新身體，臣服於基因配對正確下的智慧鎖就會打開，塞給他們莫名其妙的不明物體。後來他們協商了下，把這些東西分成三分，兔俠組織留了一份分析，阿德薩這邊也送來一份研究，而另一份，則透過荒地之風帶給蘭恩家處理；慢慢地解碼出更多古代未被傳下來的資源。

小白兔兵團的甲片材料就是按著上頭的配方製作出來的。

阿德薩接過這些小水晶球，幾個人並肩往主樹大廳走去。「你們上次帶來的那些……」討論聲慢慢被林葉間的微風吹散。

飛龍與擁有白色羽翼的能力者從黑森林上頭呼嘯而過，掀起了新時代的來臨。

殘存的人類或許會走向阿克雷原先設定好的完美年代，也或許會重複那眾神降臨般的大量基因改造者年代——

那也都是，未來的故事了。

結局

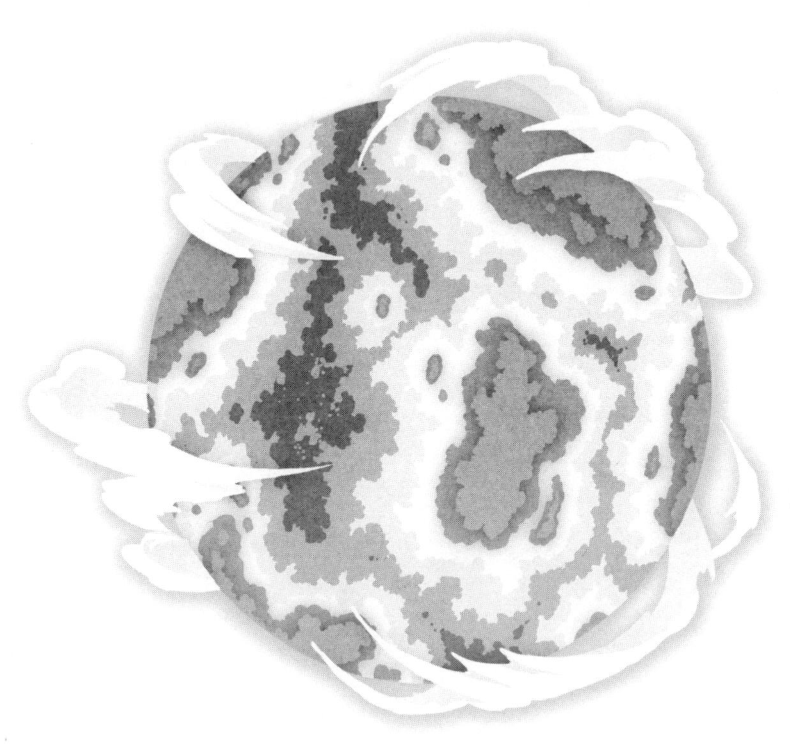

「十二年前，凱達斯特星球上爆發了數百年來極為嚴重的一場災禍，直至今日，這場災難帶來的傷痛還未完全平息，這場災變被定為『黑島之難』。」

「在這場嚴重的神禍中，凱達斯特全星區三分之一的人口幾乎喪命，不分男女老少，那年甫恢復空氣與科技的七大星區應變不及，再加上貪婪想爭奪星艦令他們失去了判斷，最終導致了遺憾的後果。」

「目前，還有一些區域因輻射污染無法清除乾淨，直今日仍被完全封鎖。黑島之難與歷史上瓦倫維之戰被並稱為凱達斯特星球最為嚴重的兩場災變……」

第六星區的星華學院課堂上，年輕一代的面孔聚精會神地聽著台上教授的授課。

黑島惡神顛覆世界的時間尚未久遠，人們都還記得當時的傷痛，戰後隔年學院重新開啓，不管是學術性或是操作性，相關課程全都爆滿，人們急著知道更多事情以進修自己，好平復這些痛苦，希望在下一次嚴重事件爆發時，自己能多做點什麼……

這堂災害歷史與預先防禦的講座課程同樣滿堂無人缺席，直到下課，還有不少學生眷戀地捨不得離開，拖住講課的教授發問更多問題，直到下一堂鐘聲響起。

第二堂是防禦性機械製作課程，教授大老遠就看到學生們還包圍著上一堂的授課教授，吱吱喳喳問個沒完的畫面。

「你們這些小鬼，上我的課這麼有精神就好了！」

機械教授——盧林，笑罵著把這些小孩都趕回去。

當年是青鳥同學的教授，災禍時倖存了下來，世界逐漸修復後，這年輕的學生拚命進修自己，一直想著是不是有更多方法可以防治這些毀滅性武器。如果當時拖上幾秒，說不定就有更多人可以得救，之後抱持著這樣的信念，他得到了防具發明的最優秀獎項，進入了機甲研究學院，不久前被七大星區聯盟軍認證其優秀的理論與各種防止災害的發明，受母校星華學院邀請，回到第六星區開課，教授學生。

而從第七星區被帶回的柏特，則是休養了整整一年後，進入了聯盟軍體系。不是依靠他那變得殘破的家族，沒有人知道他心中帶著什麼想法，他毅然決然投身進最爲嚴明的懲治部隊，奔波於各地整治聯盟軍的污穢之處，現在已經都快變成人見人怕的鬼見愁，只要讓他發現一點違反正義的髒污，管他是不是家族親人，都會被柏特直接拖出來在陽光底下以軍法嚴懲。

學生們在盧林的笑罵聲中散去，嘻嘻哈哈地帶著講義回到自己的座位上，終於把那個矮小的身影從人群裡解放，得以呼吸新鮮空氣。

這十二年來，最讓所有人跌破眼鏡的估計就是盧林眼前的這位同學。

「你們下次也給青鳥教授留點新鮮空氣，他這麼矮還一堆人圍著，是要讓他窒息是不是。」盧林完全不顧同僚給他的白眼，直接往對方一個人身攻擊——還是他最在意的身高攻擊。

十二年的時光過去，始終沒什麼改變的青鳥還是維持孩子般的外貌，就和第四星區的前總長雪雀一樣，至今都是欺騙世人的少年外殼，還有超嫩的臉蛋。

就是這樣一個沒法長高、功課又差的人，在十二年前黑島之變後，像是突然換了一個人似的，變得極為沉默，也不再好動。

回到學院之後，青鳥的功課一日千里，和以前那個吊車尾得靠作弊的學生不同，第二學期就拿到了班級第一，畢業時則領走了同年級第一的獎項。

不久，青鳥回到星華學院任教，成為最年輕的教授——雖然經常被誤認為學生。

在身邊同事不知道的檯面下，「瑞比特」也依然縱橫在第六、第七星區之間。明面上，瑞比特似乎是兔俠組織的代表者，但又有人將「她」劃分為月神組織的一員，定位到現在都還存在爭議。

直到目前，提到兔俠，很多人雖然會想到那個兔子布偶，但是更多人想到的卻是美少女模樣的「瑞比特」。

瑞比特儼然成爲新一代的兔俠。

對此，兔俠組織並沒有任何人提出反對言論，好像就這麼默許了。

青鳥本人是怎麼想的，兔俠組織眾人不知道，月神組織的眾人也不知道。

這十二年來，所有人都覺得青鳥好像有自己的工作表，每天轉上發條，到學校上課、給學生解答，笑嘻嘻和學生打成一片。

一轉頭，穿上華服，抹上俏麗的妝容，在黑暗中像是璀璨流星般給人們帶來希望。

接著發條一轉到底，卸下了一切後，他躺上床鋪，閉上眼睛進入睡眠，隔日又再轉上發條，日復一日，彷彿所有行程都是一種流程規劃，他只是按照這些規劃行動。

能力者們這些年來舉辦的聯合大會，「她」一次也沒有參加過。

黑森林發出的幾十次邀請，十次裡他幾乎只去了一次。

偶爾，小茹會帶著自己的兒子與艾咪一起來訪，她們現在還是很熱衷給青鳥買各式各樣漂亮的衣服和化妝品，十多年的茶毒下來，青鳥簡直都可以把自己活生生變出幾百種不同的美少女造型，他最近正在考慮要不要加開一個化妝課程，還因此拿到許多證照，都能考慮開業了。

磐與黑梭也會來他的小公寓蹭個飯，黑梭布偶店的生意如日中天，常常給青鳥帶來很多白軟軟的小兔子，成爲他學生爭相想要的高人氣獎勵品。

波塞特和海特爾會來和他聊聊各地與小酒館的有趣見聞，有時候也會捎上沙維斯和伊卡提安一起拜訪。那兩位白髮能力者的事蹟，隨著他們在各地的旅程慢慢傳開。

伊卡提安的身體依然不太好，幾乎已成爲沙維斯的頭腦後援，規劃處刑者的各種事務，成爲星區中唯一一組跨越各大星區的移動式處刑者搭檔。

柏特也來拜訪過幾次——被學校邀請回來演講時，不過通常他們都是相對無言，只能尷尬地隨便講兩句話就告別。

布蘭希與她的小女孩——現在也是成年小美女的調魂，在公務之餘也繞來過幾次，通常就是很平淡地聊幾句，就各自回到自己忙碌的工作上頭。

藤和曼賽羅恩也在五年前交換了一生承諾，他們這些相關的人都收到邀請，在森林之王帶領眾人的見證下，於黑森林完成了神聖儀式。

雪雀某年卸任後，進入了荒地之風就再也沒人找得到她。然而身爲兒子的青鳥時不時就會遭到那對父母從天而降，花式閃瞎他一雙狗眼後又消失不知往哪邊旅遊去了。

堇青和他的荒地之風仍然馳騁在七大星區的體制外，如同不可侵犯的蒼龍谷。

值得一提的是，當年其實人們最後有找到「蓓莉」，也就是冒充總長女兒的美莉雅。

美莉雅被莉絲洗腦後，領著人造人進行破壞，但卻被毀滅性武器給無差別攻擊了，幸好當時她的深海船受損不嚴重，得到了附近海島的救治。

美莉雅清醒之後，腦部因爲被嚴重改動過，幾乎什麼記憶都沒了。人們透過她的臉部外貌，聯繫上了現任第七星區總長，也不知道那總長是怎麼想的，竟然眞的接回美莉雅，這次讓她名正言順地以「蓓莉」的身分活下去。

聽說，蓓莉小姐與聯盟軍一名小少將談起了戀愛，可能很快就會談及婚嫁。

小少將的家庭背景很單純，就是一般老實的種花家庭帶出的老實孩子，忠厚老實，與有點任性的蓓莉小姐相處得很好，幾乎可以預見未來。

將上課教材放回辦公室桌上，青鳥往學校附近的餐廳走了一圈，拎著便當回到校內草地上。

多少年來，他用餐的位置始終不脫那幾個點，以至於想找他的人只要在那幾個位置稍微繞一繞，就可以逮到人。

將近中午的時間，學生們還聚精會神地聽著課程，或是昏昏欲睡地點頭啄米。

青鳥踏著難得的寧靜，在被太陽曬得疏鬆柔軟的草皮上坐下，然後打開餐盒，特製的奶油香味飄了出來，金黃色的佐料包裹著肥大的蝦體，熱氣蒸騰，讓人垂涎。

奶油大蝦，他已經連吃一個禮拜了，吃得連餐廳都問他要不要換換菜色。

青鳥則是微笑著對他們搖頭。

十二年前的今天，他們在母艦的深處。

當時事態緊急，每個人都不知道多久沒有進食，但是沒有人記得肚子餓這件事情。

青鳥打開多買的那個餐盒，裡面也是塞得滿滿的奶油大蝦，每隻都有將近三十公分的長度，是特別訂製的食材。

他仰望天空，一片澄澈的藍。

許多年前，有那麼一個人，帶著有點期待的狡猾小表情，等他請一整個月的蝦子大

餐，小小的肚子好像怎樣吃都裝不夠這些蝦子一樣。

然後總是會帶著抱怨——

「也太少了。」

青鳥慢慢地，回過頭。

出現在藍天之下的人擁有湖水綠的眼眸，美麗的眼睛裡帶著好像過去那幾百次看見蝦子時特有的垂涎，以及對於數量的不滿。

白皙的手指拎起奶油蝦。

吹著微風的舒爽晴朗午間，青鳥連自己什麼時候淚流滿面都沒有察覺。

踏在草皮上的人一如當年，彷彿他只是慵懶地走去附近給自己的水壺加了點水一樣，又懶洋洋地走回來，對午餐內容物的數量進行抱怨。

時間凍結了他們的外表，光陰全倒回十多年前的那瞬間，午休的鐘聲背景般響起，學生們從教室擁出覓食的聲音潮水般流轉而來。

那少年咬了一口奶油蝦，進行評論。「好吃。」

青鳥笑了，鼻涕和眼淚一起混進了嘴巴裡，都不知道是什麼味道，但是大概是他這輩子覺得最美味的一刻。

「你給我笑一個，我就請你吃一個月的蝦子大餐。」

「你說的喔。」

藍天下，兩名少年相視而笑，毫無雜質，單純如微風拂過人心。

「走吧，我帶你去吃好吃的。」

「嗯。」

《兔俠》全書完

番外▼輪迴

放心吧，也就是幾年的事情，很快就會再相遇了。

他從一片斑駁血紅中緩緩睜開眼睛。

渾渾噩噩的，似乎有什麼片段影像在腦裡閃過，但轉瞬即逝，快得難以捕捉，只知道周遭非常安靜……該說是死寂，一點聲音也沒有，彷彿世界什麼都不存在。

可能，自己其實也已經不存在了吧。

「你還在，只是很破碎而已。」

有道淡淡的聲音打破了這片靜默，似乎就近在旁邊，他卻沒力氣去看一眼那是誰，視線很快被黑暗籠罩，只記得無窮無盡的血紅。

如同那人說的，他很破碎，連自己爲何身在此處都不知道，更想不起來先前發生過什麼事情，腦袋裡糊成漿，隱約只有些人的身影，胡鬧的、說笑的，支離的字句聽不太明白，很難組織成完整句子，但卻如此懷念。

「我們來聊聊吧。」

身邊響起細微聲音，彷彿有人撩開衣襬坐了下來，隨性開口：「你的身體……嗯……經過好幾次再生，所以現在恢復起來會比其他人慢很多，而且你還不是個純血呢，眞是麻煩。幸好這些年我們也在不同世界遊走，收集了滿多好東西，雖然得花些時間，但還是可以將一些問題好好處理，就是要有點耐心。」

風吹過來，那人似乎沒打算等待任何回應，自言自語地繼續說著。「有趣的是，在檢查你那朵『花』的時候，上面還附有一些殘留的意念，換句話說，就是被稱爲記憶的某些碎片，或許你在休息的這段時間裡，會想要看看這些……或許不是你的東西，但也是你原本該有的東西。」

「嗯，那就這樣吧。」

說話的人自作主張下了結論，強賣強送地沒問過任何意見便逕自起身，帶著微弱的風聲離開，獨留他一人。

黑暗中，隱隱出現了微弱的光芒。

下意識地，他往那道亮光處走去，慢慢地，從光的那端聽見了似乎有些熟悉的歡快笑語，好像在很久很久之前，自己也曾身處在這樣的地方過。

似乎……

□

「小青！」

一股蠻力自左向右連同棉被把他整個人掀翻，如果不是身體及時反應過來，直接翻個圈安穩落地，真的會被「凶手」翻到床底下。反射性地揮出手，泛著冷光的能量刀從袖中手腕上竄了出來，一把握住，連眼睛都還沒完全睜開，立即先朝擾人清夢的腦殘方向一刀砍過去。

似乎早料到會有這麼起床氣的一刀，對方的能量刀幾乎是同時迎上刀鋒，能源構成的刀鋒在空氣中碰撞了下，撞擊出白色的小火花。

「起床了起床了，豬啊！還睡！」根本不在意差點被砍臉的年輕人一手過去，飛速解除了兩人的能源刀，可以斬開巨石的冷光利刃在空氣中散化，只留下一絲有些灼人的殘存能源，彷彿剛剛的凶殘對峙沒發生過一樣。「吃蝦不，馬歐整個早上都在釣蝦，現在有一整桶的蝦子，快點去搶他的！看要清蒸燒烤還是鹽焗，哥都做給你吃。」

他終於清醒過來，看見毫不客氣拽著自己的人，很年輕，十六、七歲的年紀，棕髮褐眼，臉上有些雀斑，帶著爽朗笑容的陽光面容在許多女孩看來是帥氣的，無論誰看了都會心情非常好，甚至願意坐下來請這張臉的主人及他的朋友們吃頓午飯，即使他們的食量簡直像好幾個大飯桶，還是很多人樂意爲此買單——除了現在被吵醒的人以外。

因爲睡眠不足，一見這張臉就本能地火冒三丈，想拿能源刀讓他眞的無限陽光……烤熟會發出滋滋響的那種陽光。

不過聽見有好吃的，他也就勉勉強強按捺下想殺人的手和心，被拎著乖乖洗漱。

盥洗室內的鏡子倒映出兩張面孔，十六、七歲的青少年，還有十三、四歲的少年。與旁邊的人不同，較矮小的少年有著不健康的蒼白膚色，一頭黑色的短髮，以及在黑市中能被賣出很高價位的湖水綠雙眼。

從小到大爲了這雙眼睛，他身邊的人沒少吃苦，經常要與強盜交手搶人……是的，他想起來了，他原本也和旁邊的渾球沒有血緣關係，認眞地說，他還是這傢伙的父母以幾乎黑吃黑的方式從強盜手上搶來的人。

那對同樣樂觀過頭的父母和旁邊這沒事就喜歡把人從床上掀起的腦殘一樣，有用不完的精力，兩人都是風系的中階能力者，在這進步過頭的年代，偏偏喜歡手牽手到世界各

地冒險，不時潛入強盜團或是幾百年前的遺跡裡，美其名是探索與發現，說難聽一點，就是混進某些地方的深處，沒被發現就全身而退好好離開，被發現就放開手腳把那倒楣的地方搞個大破壞再落荒而逃，簡直比強盜還要流氓。

他自己就是這對父母某次耍流氓砸了人家強盜窩搶出來的「戰利品」。

當時，仍懵懂的他，腦中阿克雷的記憶正初步解放，所以並不在意身在何處，他的任務是在這段時間中看看這個世界，那是出生開始就已被「設定」好在他腦袋中的任務。

「又發什麼呆，走走快出去！」

身邊的大男孩強行打斷他淺淺的回憶，直接把拎在手上的衣服往少年頭上一套，三兩下拉好衣襬，然後像是帶寵物一樣直接把人帶離房間。

他有點恍如隔世，這些事情彷彿很熟悉卻又很陌生，以至於他一時之間沒有掙開對方的手，就這樣眞的被拉出去跑了好一段路。離開房間才發現這是在海邊的一處小旅館，打開門幾步路就能衝到沙灘上，遠一點的礁岩有幾個人正在那邊鬧騰。

仔細一看，礁上有個半人高的透明生態箱，裡面不知道怎麼抓的幾乎塞得全滿，連縫隙都沒有留下，完全能感受到身在其中的魚蝦對此待遇的怨恨。圍繞在旁的三、四個人很沒大人樣地正在徒手搶這些魚蝦，還不斷唸著哪些要清蒸、哪些要燒烤才好吃，有兩個人還差點因爲想法不同大打出手。

幾人聽見腳步聲一抬頭，「欸！五辛、小青！你們來得正好，中午開海鮮燒烤派對，快點來挑你們喜歡的！」其中一名頗爲高大的漢子揚起手喊著：「我幫小青留了一筐蝦，等等拿去特別焗烤！」

「謝了，燕哥！」被喊爲五辛的少年開心地接過還在活蹦亂跳的海大蝦，然後獻寶似地轉回給身後更小的孩子看。「你看，吃到飽！」

「謝謝燕哥。」他——青沂也跟著規規矩矩地道謝。

這是一群很會吵鬧的大人們，成天無聊地捉對廝殺，芝麻綠豆大的事都可以拿出來互毆一頓，沒一天能安安靜靜當個正常人，原先沒有這麼多人，約莫兩、三年間在各地遊走時陸續跟上來，之後便形成現在這般的不明小團體。

唯一的好處是這些人挺會吃的……不是那種飯量很大的吃，而是對食物美味有一定追求的吃，認眞思考，他們是不是打算就這樣邊到處亂跑，邊吃遍七大星區了？

「小青。」五辛往弟弟肩膀上一拍，很習慣這面無表情的孩子整天眼神渙散、腦袋放空的模樣，隨手就把人的靈魂給拍打回來。「別發呆了，你看還有大龍蝦，快點來想想有哪些菜單。」

「往你的資料庫查不就知道了。」沒好氣地翻了記白眼過去，都不知道問幾次了，他經常爲對方更新個人資料庫的菜單全集，結果還是喜歡口頭問，好像這樣問會知道更多似的。

「知道，可是自己想一想說出來的不是就更想吃嗎。」五辛好脾氣地回應，獲得在場其他人一致認同，接著一群人開始七嘴八舌討論起各式各樣的煮法，幾分鐘過後，就在要辣和不辣的爭執下，大打出手。

青沂決定不要和這些智障在一起了。

這場莫名其妙的露天燒烤一直舉行到晚上。

青沂也搞不懂爲什麼，那群人打著打著就開始架烤網和堆地爐，又花了好一番工夫弄出所謂的「獨門醬料」與「祕製沾醬」，接著連附近小漁村的居民都聞香而來，非常主動地各自攜帶了小桌、小板凳，還扛了自家的鍋子、食材，不知不覺突然擴大成某種奇異的大型慶祝活動，到了晚上，連營火都被架出來，肉香與酒香不要錢地與海風混合著。

漁村的人們拿出手工粗糙的兩弦琴，在人聲鼎沸的晚會中撥動出輕快的曲子，少年少女們各自撩開了衣襬與裙襬，雙掌相擊，跳出了相互仰慕的舞蹈。

端著一大盤烤物的五辛找了半天沒找到人，翻上了旅館屋頂後才看見他那孤僻的弟弟縮在屋頂一角，以一種「眾人皆瘋我獨醒」的冷眼觀看底下的熱絡玩鬧。「就知道你又躲到這裡來了，老是這麼不合群會變矮喔。」

「你才變矮！」青沂把手邊的空盤子往旁邊的渾球頭上扔去，然後被一把接住。

五辛不在意少年這點小舉動，逕自在一旁坐下來，拿起一串不知道是什麼的烤肉，上頭散發調料的香氣，大口咬下去，各種滿足的滋味混合而來。「你還在想那些記憶的事情嗎?要我來說，船到橋頭自然直，反正總有一天我們會找到傳說中的『黑島』，把那些什麼狗屁東西回報之後，剩下的應該就和你無關了吧。」

青沂淡淡地掃了少年一眼，不說話，只是拿起了半條手臂長的海大蝦開始剝殼。

阿克雷的記憶當然不只如此，當初被家人發現不對勁而逼問時，他的記憶還未完全解放，加上不想把母艦內部的事情全部告知，於是挑著幾件說，到目前爲止，這些人曉得的僅有「青沂是黑島出來的孩子」以及「必須把地上相關的資訊帶回黑島」。

更多的事情他不想說，也不想把身邊吵鬧的人們扯入。

多少年過去了，阿克雷解放的記憶中都是過往母艦美好的冀望部分，然而人類留下來的歷史資料並非如此，檯面上、檯面下，那些骯髒污濁，爲了大地奪權謀殺，無法找出的弒神凶手……等等……

「怎麼了嗎？」五辛停下咬肉的動作，看著剝殼中突然定格的小孩，「被刺到啦？」

「燕哥人呢？」青沂把蝦子往盤子一扔，站起身。

「喏。」五辛指了海邊的方向。

他們這群人裡除了青沂這小子孤僻以外，那個愛釣魚蝦的成員有時也會躲避大團，酷好狩獵各種食物。

話才說完，湖水綠眼睛的少年按著屋簷，像小鳥一樣動作輕巧地翻身飛下屋頂，幾個穿梭很快掠過了人群，直接消失在黑暗之中。

五辛笑了下，打開隨身記錄儀，搖頭晃腦地對已經開始錄影的光點說：「小青又開始小祕密了，青春期的青少年情緒真是反覆，身爲大哥的我覺得有點扼腕。不過呢，身爲萬能兼個性脾氣很好的最佳大哥，我會一直陪著他的。今天的海鮮燒烤宴會很成功，下一段我要給小青布置一個不要吃蝦子的美食大會，爸、媽，記得收看。我和小青愛你們。」

記錄光點消失後，五辛輕輕地在有些老舊與並不是那麼合手的記錄器上親吻了下，接著露出一如往常的開朗笑容跟著翻下屋頂，投入宴會尾聲狂歡的跳舞大軍裡，跟著歡樂了。

夜晚還未結束，而人們的生命還在延續。

□

破碎的畫面跳動了幾下，記憶好像有很多部分被遺漏了，無法找回。

他回過神，天空已是一片澄澈的藍，黑衣服的男人站在他身邊，與那名平日喜歡海釣的高大漢子往常的溫和表情不同，男人臉上沒有太多情緒，剛褪下的斗篷上繡有屬於蘭恩家的印記——極不明顯，如果不特意找，便會直接忽略有這麼一枚蒼龍谷的家徽。

「上次所說的事情已經回報蒼龍谷。」

男人低聲說著：「您確定這樣……」

「沒事。」他下意識地開口，都還沒弄清楚此時此刻的自己在哪邊，就已經繼續說：「我總覺得有些奇怪，當年記錄的阿克雷之死是遭到暗殺，利家的人與其他忠心的家族也陸續因此而死，但那是在母艦當中……」

說著，他搖搖頭，某種不祥的念頭像是分散的棉絮，還未完全成形，於是他只能將那種不安壓抑在冰冷的表情下。「不管如何，這是『我』的指令，雖然不知道蘭恩家須要花多久的時間，但希望你們盡量完善，或許以後還有其他的『我』會到來，也可能將會用上，然而我希望不要觸動第三位禁忌者……」

「蘭恩家明白。」身爲當代被指派過來的協助者，男人極爲虔誠地彎下身，「您給予的初步設計與授權，不論需要多久，我們都會完善它。」

青沂並不懷疑蘭恩家的忠誠，也知道第二家族會說到做到，就像他們一直以來都傳承著協助者的任務，來到他身邊。

正想說話時，他們兩人同時察覺到有人來到附近，男人黑色的身影快速一閃，消失在空氣中。

約莫七、八秒後，跳蚤般的青少年硬是蹦出來。

「小青！你又躲在角落孤僻了！」

「……」

青沂直接推開那個不要臉兄長的大腦袋。

五辛笑嘻嘻地搭著弟弟的肩膀，「剛剛我們在前面街道聽人說故事，說的是古代母星什麼七生七世輪迴……欸，小青你相信有那種事情嗎？人死了之後會再變成人，靈魂會重新回到世界上，精神不死不滅。」

「不知道。」青沂推開對方的手。

正常人會不會不死不滅他不知道，但是如果換成第一家族……

「你是不是拉肚子啊，我還以爲你又要滿嘴科技科學來駁斥這種溫馨感人的故事。」五辛繼續把手搭回去，完全不見白色小臉上的嫌惡。「如果人的精神眞的不死不滅，能夠重新輪迴，我覺得我還是會想要你這個弟弟。如果呢，不是我這麼心胸寬廣的哥哥一直陪在你身邊，你肯定會變成陰險黑暗又孤獨自閉的殺人魔，而且還是高智商型的超級反社會分子，我覺得你就是該有我這麼一個陽光大哥，好陪你走過黑暗路。」

「省省吧，滾開。」有這麼一個吵死人的哥哥，他寧願不要輪迴。

「我說眞的，當然還有我們世界上最帥最美的爸媽，我們一家四口每次都投胎在一起，不知道能有多好。」五辛美滋滋地規劃了下傳說中的輪迴轉世，覺得相當可以期待。「就這麼說定了，如果我們哪天死了，又活過來的話，我去找你，繼續當你哥，你要來找我，繼續當弟弟，約定了！」

「……我才不會去找你。」青沂原本是不留情地吐槽，然而卻突然覺得胸口好像有什麼哽住，他噎了一下，眼神漸冷。「我也不會記住你，永遠都不會。」

上一個「他」並沒有留下任何記憶，下一個「他」也不會擁有這段記憶，輪迴什麼的，只是那些怕死的人爲了安慰自己，痴人說夢話而已，待他們夢醒驚覺，人早已死了，連害怕後悔都來不及。

「小青說話還是一樣難聽，哥哥傷心了。」五辛一把抱住死小孩，無視對方掙扎，用力地往柔軟的黑髮上搓下去。「好吧好吧，那我一定會去找你，不管輪迴多少次，我肯定會在看見你那瞬間，知道你是我弟弟。」

「夢話去夢裡說吧！」

之後呢……

之後發生什麼事？

所有的嬉鬧、藍天破碎。

眼前的畫面既血腥又黑暗，他顫抖著手，滿是冷得黏稠的液體上孤孤單單躺著那個破舊的記錄器。

佩戴的護腕根本不適合小孩，這條腕帶曾經過修改，才能好好地掛在那個吵死人的男孩手上。

是了，他們的旅程最開始，是因爲遭到「追殺」。

試圖探索失落的神之家族的追兵並不在乎普通人的性命，所以原本庇護他們的那雙年輕夫婦，早就已經不在這世上……所謂的記錄，只是爲了撫慰那些不存在於世界上的幽靈，好讓他們能夠在星河當中微笑放心。

他們眞的渡過星河了嗎？

「我都說過了……不要和我回來……」

鋪滿自己腳邊的肉塊，是原本很會吵鬧的「人們」，不管是逃亡旅程中志同道合的好朋友，或是不要臉一直自稱兄弟的大哥，現在他們都沒什麼不同，沒有任何不同。

他緊握著記錄器，緊到手掌都被已經破損的儀器割破，不斷湧出鮮血，接著從一片模糊中看著眼前的少女投影。

「那麼，你的答案呢？」美麗的少女微笑著，宛如純潔的神祇。

「我……想要他們活著，我想要世界的人都活著。」

□

記憶流轉。

那個叫作「青沂」的人沒了，取而代之的是叫作其他名字的湖水綠眼睛小孩。

同樣蒼白的面孔，黑色柔軟的頭髮，與黑市搶破頭想要的眼珠，他從牙牙學語開始被投落在世界上，再次被強盜爭奪，被人販子捕捉，被好人們搶救出來，送到一個個不同的家庭當中。

總是有那麼一些小哥哥、小姊姊來到他身邊，他們領著他探索整個世界，然後遇見蘭恩家的人前來聽取他的命令，陪伴他解放所有阿克雷的記憶。每次每次，他都會想辦法要甩掉這些人，拒絕他們，不讓他們與黑島有關聯，然而不管怎樣，或是半推半就，或是命運巧合，他們總是會來到潛藏在深海的巨大城市中。

然後他明白了。

「這是我的軟弱吧。」

就算他再怎麼表現得毫不在意，再怎麼胡言坑騙，到最後，只要身邊的人堅持，他還是領著所有人一起進去。

他不想自己回去。

他存著僥倖。

他把自己當作受害者，帶著親近的人回去時，還可以說服自己，那些都是他們硬要跟來的，試圖在最後一刻讓很多事情能夠好受一些。

最終，這些人的確都是他害死的。

「阿克雷，你還好嗎？」

阿提爾蹲在少年面前，這一次叫作「九迴」的人，蜷縮在黑色的角落中，湖水綠的眼睛有些出神地看著放在自己腳尖前的頭顱。

那是個大不了他兩、三歲的青少年，也才過了二十的生日，前兩天還吵吵鬧鬧、大呼小叫地與其他人一起搶奪一小塊蛋糕，現在變得如此安靜，被挖空眼珠的臉上滿滿橫豎交錯的血痕污漬，連金髮都沾黏糾結得看不出原本有些自然捲的樣子。

「……阿提爾……我害怕……」

站在那邊的影像少年無聲地走過來，穿過了一室鮮血淋漓，抬起手想要摸摸少年的頭，指尖卻穿過那頭黑髮。「阿克雷，沒關係的、沒關係，這些很快就不存在了。」他們都知道接下來會發生什麼事，「新的孩子」會再次被送出母艦，重新回到世界上，宛若人類口中的「輪迴」，不斷重複人生。

「我不想再遇到更多人了。」少年緩緩閉上眼睛，將精緻的臉埋進手掌中。「不想再遇到人了。」

他不想要看著大哥死在他面前，不想看到同伴被折磨得如此痛苦淒慘。

身爲「阿克雷的孩子」難道就註定必須如此嗎？

不要這些包袱與任務，好好地握著大哥的手，開開心心地在世界上生活過、笑過，這是不能被允許的嗎？

「爲什麼會是我？」

爲什麼他會是阿克雷的小孩？

「……其實……」

阿提爾的影像閃爍了下，似乎想說點什麼。

然後黑暗降臨，所有的事物不復存在。

□

世界上眞的會有輪迴嗎？

人類所謂的靈魂也不過就是一段電波，被身體釋放之後就會消散於大氣之間，神鬼學說大多只是精神錯覺所引起的類眞實畫面。

可是如果能夠相信呢？

猛地睜開眼睛，臉上一片鮮血緋紅，他用力地撥開那些血紅，才發現是一朵朵差點將他活埋的艷麗紅色花朵。

「嗯？看來比我預估的還要晚一點。」

涼涼的話語從旁邊傳來，一時之間聽著有些陌生。

他緩緩轉過頭，看見黑髮綠眼的男孩站在整片血色花園的另一端，帶著若有所思的笑容看著他，然後開口：「那些記憶殘留才是你『原本該有』的東西吧，雖然不夠多，不過我覺得應該比阿克雷那些狗屁記憶還要好，至少我就認爲該洗腦的是阿克雷。」

對了，他想起來了……

他想起自己應該已經在浮空城市上頭嚥下最後一口氣，他想起來最後看見黑梭恐懼地想要留住他的不捨表情，他想起……

自己叫作「琥珀」。

「你……」喉嚨有些乾澀，一開口好像要裂開一樣，讓他不禁連咳了好幾聲，很快就發現聲音怪怪的，有些過於稚嫩，抬手看見了變得奇短的手指頭。「……」這是什麼狗屁神，直接把他給縮水了。

「和我沒關係，你的生命核心毀損得太嚴重，修復成這樣已經耗很多時間了，還不算我們到處去找給你縫補滋養的消耗品。」少年聳聳肩，「不過還沒完全重建你的身體之前，你就醒了。」

「傳說中的神也不是全能啊。」琥珀慢慢地支撐起身體，沒什麼力氣，手臂還有點軟，差點又摔回花叢裡。

「可惜的是我也不是神，嚴格說起來，我和你們世界的泰坦算是一樣的東西吧。」少年揹著手走過來，土地像是有自己意識般帶著上面的紅色花朵讓開了一條平坦又筆直的小徑，連個凹坑都沒有。「你也不用抱怨了，像你這樣要整理的還很多，恢復你們生命的力量也不是沒有，只是得分成很多份均給，你當我慈善公益不求回報把自己噴成木乃伊嗎？少嫌棄了。」

一件衣服被扔到琥珀頭上，他默默地自行穿好，等力氣恢復些就從地上爬起來，正想

著不知道能不能走路時，腳下的沙土拱了拱，一隻土獅子浮出來，直接將他頂在背上，在少年笑了笑後尾隨他走出花園。

「……你那時候想帶走莉絲，是因爲想要修復我們第一家族的『缺陷』，對吧。」琥珀不是傻子，所有知覺回到這個身體後，他很明顯感受到體內與以往不同的輕鬆感。承載不住力量的普通肉體開始解析後，其實越到後期，他每做一件事情都感到力不從心，咬牙忍下的痛沒有辦法告訴任何人，尤其是逐漸明顯的、從體內傳來的生命一點一滴瓦解的倒數計時。

即使有著阿克雷的記憶，知曉世界上無數事情，他還是會害怕，而他必須隱忍這種害怕。

現在那些傷害已經完全消失了，他的身體從沒有過這麼舒服的感覺，連帶心情也輕鬆不少。

「算是吧，不過莉絲知道當時我不是只要帶走她，而是全部的『羅納安』，所以才拒絕，他們認爲新世界需要這幫人……也滿好笑的，其實世界從來不特別需要什麼人，壓根不會因爲少了誰而毀滅，會毀滅的只有怕死的人和生命。」

領在前頭的少年閒談似地邊走邊說：「阿克雷也是，異想天開地製作什麼人類主機監控全世界，或許他眞的能把全世界人寫入他的資料庫管理，然而那個世界原始就不屬於人，總有一天綠色種族會重回大地，到那時候，他理想中的『監管』還可能奏效嗎……呵，說到底，也不過就是人給自己畫地爲牢，做了個新的籠子集體管束，還認爲能夠管控千百萬年。如果人類眞的這麼聽話，那麼帝權時代就不會被毀滅了，愚蠢。」

「我也這麼覺得，給狗綁上項圈，牠還是會蹓著人走。」琥珀想想，發現這方面他們兩個倒還算是想法有點契合。

土獅子馱著縮小的第一家族後人，威風凜凜地亦步亦趨，來到了小巧的木造房子前。這裡沒有任何科技，也沒有鎖釦，木房子有些歪曲的門板被少年一推，咿啞殘破地喘個聲，就打開了。

琥珀一眼看見裡頭走出個白髮的孩子，和之前看過的一樣，完全沒變，冷冷淡淡地瞥了他一眼，紫色的眼眸便轉回少年身上。

「雖然用了不算長的時間，但到你甦醒爲止也不能說短，這裡還有你的東西，自己過來認領。」少年讓土獅子把琥珀放下，帶著人進木屋。

小屋子裡擺設很簡單，幾件木造家具，地上有些散落的小玩具，另一個紅髮的男孩坐在桌邊正在吃餅乾，一看見他們進來，立刻從椅子上跳下來，「阿書，是要打開那東西了嗎？」

「嗯，把你的玩具收拾一下。」

少年的話才說完，男孩很快把桌上散放的幾件東西收走——不知道是不是錯覺，琥珀覺得裡面還有跟琉璃一樣的半透明幻彩骨頭，看起來很像某種恐龍或是相似物種的殘骸。接著，他翻出一個白銀色的箱子，大約成人半手臂高。

箱子一打開，琥珀立刻認出裡面的物品。

凱達斯特的主機。

小小的圓球飄浮在箱內中央，黯淡失色，像是吊著最後一口氣的衰弱病人，不復巔峰時如同寶石般閃耀奪目的光彩，放在路邊可能還會被人以爲是什麼小孩做出來的垃圾儀器，想也不想就踢到一邊讓它自生自滅。

「你們當時破壞得太徹底了，只能修復成這樣。」白髮的孩子冷淡地說，可以感覺他實在很不想處理這東西。「不能帶去給其他世界的工程師幫忙，最多就是這樣了，最後一次啓動完就會徹底損壞，或是你自己帶回去修。」

琥珀其實沒想到他們會修復凱達斯特的主機，他知道青鳥當時是用盡全力破壞這顆「心臟」，所有人都是抱持著不再讓這個超級主機降臨世界的最終想法。現在想想，這裡面還有許多珍貴的資料寶藏，被他們這麼一掐，科技大概失落個幾千年有吧。

他笑了一下——那又如何，人類能夠製造出來，總有一天他們還是會再做出新的「凱達斯特」。歷史不斷輪迴，從來未曾走偏過。

「謝謝你們。」

琥珀慢慢將手掌按上主機，沒有想要避開這三人。衰敗的高科技核心綻出了有些發抖的碎散光芒，好像認出他一樣，那些光喜悅地攏聚了起來，主機笨拙地運行了一會兒，投射出少女瑰麗的影像。

「阿克雷，眞高興再見到你。」

她如此說著，然後笑了。

□

琥珀其實一直不明白爲什麼凱達斯特會扭曲至此，阿克雷編寫的程式不該出現未知

紕漏，他是一個擅長發現與收拾程式爛攤子的人，不光是他自己的設計，連同別人的也都一視同仁。

是程式中的「人性」衍生出的「愛意」嗎？

即使擁有世界上最多的資料，建立起最大的資料庫，同步了阿克雷的大腦，這將掌控世界的主機依然只能像是笨拙的孩子，無法排解自己心裡的那份念想，只得用孩子的方法，試圖破壞然後重建嗎？

以及阿克雷當時的轉變……

雖然身邊的少年往他臉上打了一拳可能有起作用，但未必能發揮那麼大的效用，未來的家園與妻兒對當時的他來說也都還有些不切實際，能讓他實際起來的，應該是更爲現實的東西。

然而不知道爲何，琥珀的記憶並沒有這方面的記錄。

他只能從這串時間裡隱隱透出的不自然，尋找出隻字片語的線索——

阿克雷踏上新世界後，其實並沒有活很久就死於暗殺下，之後有很長一段時間是替身們代替他在活動，之後才暴露出各家族想要奪取星艦，甚至第一家族所有資源的野心，引發了對第一家族的屠殺與戰爭，造成母艦下沉，後代稱其爲惡神黑島。

這中間，琥珀只有一點始終不太明白，也就是他「被抹去、刻意不放在阿克雷記憶裡」的問題。

「最開始的那個孩子到底是誰？」

阿克雷死的時候，莉絲取出自己的胎兒加以隱藏，雖說是害怕被家族肢解，但這個反應實在過於激烈。

仔細想想，阿克雷是在一切底定之後才死亡，也就是說當時的阿克雷已經執行了不與主機合併同步的計畫，他的轉變是在更早之前，或許結婚時便有的想法，但是再往深一點想，如果爲了「妻兒」而推翻自己準備幾十年的計畫，反轉自己原本想獻祭後代這個冷硬的想法，僅僅一個「剛結婚」或「被神揍」是說不過去的。

大膽猜測之後，琥珀認爲是有了「妻」、「子」，才讓他堅定轉變自己想法，進而更改了整個世界計畫，間接讓凱達斯特的人性運作產生偏差。

以時間來推算，那個「子」絕對不會是他。

凱達斯特笑了。

少女抬起手，爲他放了一個片段，那不是他們所知道的任何一個房間，微暗，周圍什麼也沒有，只有女性低低的哭泣聲。

琥珀認出來，那是很年輕的莉絲，她的臉上沒有過去美麗的笑靨，只有淚水。

「我只是……只是想幫忙……」莉絲蜷著瘦弱的身體，雙手緊抱著腹部，大顆大顆的淚水滾落在她袖口。「我的能力……讓他沒了……」

阿克雷在旁邊蹲著，背弓得很厲害，好像瞬間都駝了，他有點無措地張開手，抱著不斷發顫的女性，不知道該如何安慰。

「阿克雷，我們能夠保護下一個孩子嗎？」

……

……

片段到此終止。

「這是最高機密，被排除在傳承之外，阿克雷不允許第三者知道其存在。」凱達斯特淡淡說著：「那是很小很小，一點點的小肉團，後來他們用了同樣很小的火，就沒了。」

人工智慧的影像開始破碎，主機最後一口氣即將渙散。

「我永遠都是你的，阿克雷……」

那巴掌大的人造心臟最後只喘出一絲黑煙，就這樣成爲廢鐵。

琥珀默默地關上盒子。

「這能借地方埋起來嗎？」他嘆了口氣，回過頭，黑髮少年做了個請便的動作。

可能直到最後，凱達斯特還是不明白自己的程式異變根源於「嫉妒」吧。

千億萬的程式最終究竟組織成怎樣的靈魂，或許就和人們對於自己眞實的靈魂一樣，無人能懂。

做完這些費力的工作之後，琥珀又進入沉睡，闔上了眼睛好一段時間。

過往的記憶不斷在夢中播放著，有時候那些少年們修復了某些毀損，「夢」帶來的畫面就會增加得更多一些。

每次每次，冷漠的自己身邊總是會有人。

那些曾經說著笑著大鬧著，伸出手往他頭頂上揉的人，所有的背影看起來都如此相似，巨大又溫暖，不知不覺，幾乎都能夠重疊在一起。

反覆地甦醒、調整身體，再進入沉睡。

等到他最後一次從沉眠甦醒，換算成原本世界的時間，不知不覺已經過了十二年。

人事皆非。

□

十二年前，凱達斯特星球爆發了歷史性的嚴重災害，當時黑島之災亡滅了過半人口，十二年的時間，人類社會誕生的新生兒遠遠不足以填補。

創傷還未撫平。

踏在街道上，還能夠感受到戰火殘存的痕跡，以及人們掙扎著想要重新建立生活的努力。

琥珀看著天空，那不靠譜的「神」把他自己一個人扔在第六星區上，又風風火火地說有要事得處理，根本不管他能不能重新適應人類社會，一溜煙就跑了，什麼事情都沒有交代，至今仍不曉得對方想不想毀滅世界。

他笑了一下，戴上向神要來的鴨舌帽，半掩蓋住自己價值連城的眼睛。

第六星區港區依舊，雖然人潮不多，但貿易也已重新接軌運作，商區漸漸熱鬧了起來。

遠遠地，看見小酒館那兩兄弟又在吵鬧，附近有著烏爾傭兵團的總部，看起來就是砸了很多錢在上頭，總部大樓既風光又森嚴，不知道擴張幾倍的傭兵團竟然還有了樓層一覽表，打開第六星區旅遊導覽，還上了專版介紹。

他緩步走在故地，聽著人們討論月神的事蹟，天空中的女神帶來光輝與希望，討論森林之王以綠色拯救世界，在輻射與飢餓的危難中差點毀滅的人們因緣意而逃過殺傷，得到溫柔的撫慰；討論著兔俠與瑞比特縱橫在兩大星區中的勇敢，討論著人們嚮往這些同樣凡胎肉體卻能給予希望的能力者們的身姿。

微微勾起唇角，他莫名地，就想起那些人沒有戴上能力者假面具時，私下那些白目腦殘又欠揍的日常一切。

離開不明花海時，「神」曾經問過他是否要繼續保留阿克雷的記憶，他能夠使那些傷害從他身上抹除，不再記起。

他保留了，然而也不會再往下傳承，他會是最後一個鉅細靡遺記住所有事情的人，百年化骨後，即使真有輪迴，都不會再存留。

「哥哥！等等我！」

街道對向有兩個孩子一前一後跑過，身高不到他的腰，是戰後才出生的孩子。

他的系統向外擴張，慢慢地攀附到第六星區所有系統上，一點一滴地補回這十二年來錯過的訊息。

於是，這些訊息將他的腳步帶往學校。

他的面貌仍是當年少年的模樣，恐怕未來還會維持好長一段時間。那狗屁神的修補實在很不盡責，丟了一句本來想把他修回原本的身體狀況，沒拿捏好多塞了一些生命能源，讓他過幾年再長大。

所以，學校警衛以為他是學校的學生，他也讓系統掃描這麼認為，輕而易舉地進入了近午還有些安靜的學院當中。

他慢慢地走著，像是走過自己那十二年的路程。

遙遠的嬌小背影窩在草皮上，那矮子甚至連高度都沒什麼變化。

夢中的各種記憶閃爍在眼前。

有時候，他會覺得那些小團體中，有些人的背影像是波塞特兄弟，有些人如同黑梭，有的人像是不愛說話的沙維斯、伊卡提安，有的則是大白兔本尊般的成人，又或是老愛打點美麗事物的小茆……等等的。可能是自我的移情作用，才會讓夢中記憶的人們的形象貼近他現實身邊的人們。

不過在那些人之中，總是有那麼一個人幾乎完全重疊投射在同一個角色之上。

每次每次，都是那麼地不要臉。

只是那些人總是很高，又高又開朗，還帶著白痴到極點的笑，至死都沒有悔改過的說詞。

所有的一切快速從他身邊經過，曾經的那些人彷彿微笑著並肩站在原地，看著他將他們落至身後，踩著光明，離開曾有的陰影。

晴朗的陽光照耀，海市蜃樓般的人們眨眼消逝。

他踩著輕緩的漫步，彷若某天中午去給自己的水壺加一點水，又慢吞吞地拖著腳步，懶洋洋地走回，然後彎下身，拎起了一尾特製的奶油蝦。

他看見那孩子似的人回過頭，就像無數張總是笑得很開心的臉回過頭，瞬間所有面孔光速重疊在一起，成爲現在眼前這個矮子。

輕輕地咬了口奶油蝦，還是自己喜歡的那種味道，十二年了，一絲都沒有改變。

「好吃。」

矮子哭得都快把自己嗆死了，一邊鼻涕橫流，一邊笑著開口。

「你給我笑一個，我就請你吃一個月的蝦子大餐。」

「你說的喔。」

藍天下，兩名少年相視而笑，毫無雜質，單純如微風拂過人心。

「走吧，我帶你去吃好吃的。」

「嗯。」

走過了十二年，走過了上百年，走過了不知道有沒有的輪迴。

幻覺也好，錯覺也罷。

他就是，走回來了。

〈輪迴〉完

番外▼曙光

放心吧，也就是幾年的事情，很快就會再相遇了。

少年漫步在像是要燃燒起來的血紅色花海中。

這是一整片紅色花朵的花園，似乎固定有人照料，花圃排列相當整齊，縱橫交錯端正分明，不會讓花朵顯得太過稀疏，或是過於擁擠，一眼望去，看起來讓人非常舒適。

從此處往入口走去，緩步閒逛約莫要將近一小時左右，之後通過一間小小的木造房舍，另一端則是相對的白色花海，迎風搖曳的同樣是排列平整的美麗花朵。從高空往下看，這一白一紅的相對花圃相當吸睛，沒有萬紫千紅的華麗感，卻一方隱世超脫，一方緋紅赤血，都令人不自覺再三流連忘返。

然而，這是對其他人而言。

知道這些花海代表什麼，有多少宿命葬沒其中，就不會為表象所迷惑了。

「凱達斯特新星嗎？」

他在世界之外觀望著那一段段的故事，冷眼看著一個個在死後被稱爲神的人們流星般地墜落。

一開始，他們並未離開，看著這顆星球與其他地方同樣的發展。不論到了哪裡，只要落地生根，紮正了家的居所、得到安逸之後，人們原先單純的念頭就會開始轉變爲慾念，從古至今，沒有一次不一樣。

所以數百年後重回到那片土地，他其實一點也不訝異上頭的各種發展，連綠種族的誓約會被違背都在預料當中——還好當時對綠色種族沒有把話說得太滿，綠色種族也承諾沉睡到下一個轉變世紀。

可能是爲了有始有終吧，他想起來後，就順道繞過去那顆新星，正好趕上一個時代的結尾。

他看著阿克雷的名字成爲神，看著那原本應該和他們走的開朗少女成爲對立面的邪惡，不知道爲什麼感到啼笑皆非。

大概是看了太多世界的事情，於是沒什麼新鮮感，反而身邊兩名孩子外貌的同伴對此感到津津有味，特別是像火的那個，簡直是找到阿克雷的後人們後就一直躲躲藏藏地跟在附近，彷彿在看八點檔，不時還會回報誰和誰又怎樣了，哪邊又捅簍子了。

「妳會後悔嗎？」

端坐在破碎的廢墟中，他看著從裡頭飄浮而上的一抹幽幽紅光。

浮空城墜落之後，這片區域第一時間被封閉起來，因爲輻射還未完全稀釋乾淨，第一晚除了屍體外，竟連留下來打探的間諜都沒有，方圓近百里內幾乎沒有任何活著的生命反應。

另個原因則是現在盤踞此處的勢力過多，一個晚上彼此相互監視，沒有人敢在狀況不明下貿然出手搶奪物資，所以就便宜了他這可以自由出入、不受環境限制的人。

黑暗中，淡淡的人影幽幽抬起頭，精緻的面孔有些空白，彷彿那些愛恨都已經不存在，眼前的人，只是張未染的白紙。

雖然這麼說，但他知道，「她」還能聽見。生命核的確已經崩碎，不過第一家族的生命力很強，意識依然凝結不散。

少年張開手，焦黑的花瓣碎片躺在他的掌心，如果不是像他一開始就知道這是什麼，這些殘骸看起來就像是地上隨便撿起來的小灰土，沒人會想到這曾是傳說中讓人恐懼的存在。「妳這樣子，就算有心想修也修不了了，塵歸塵，土歸土吧。」

紅光內的人形緩緩抬起手，指向少年懷裡另外一朵殘破的紅花。

「這個啊，重複使用也是有限度的，他的生命核心已磨損得都快沒了，現在貿然將他弄醒，恐怕馬上就跟妳一樣粉碎……我還以為妳不太在乎這個呢。」取出花朵，少年微笑了下。「是可以修啦，不過要花很長的時間，而且他要選擇醒，或是從此沉睡，誰也不知道，我的花園裡多得是就此沉睡的人，醒來的至今還沒幾個。」

紅光閃爍了下，似乎有著低語。

「沒錯啊，妳當我還能強硬把人打醒嗎？要醒不醒當然自己的事，妳以為我包穩醒的嗎？抱怨什麼！去去去！」少年皺了下眉，斜了居然敢抱怨的微光。「真是的，妳也快去妳該去的地方吧，說不定等時間到了，某些人還能夠再見到，其他的都放下吧，早就不屬於你們的時代了。真搞不懂你們原本是什麼想法，把人做成世界主機就能夠保證千秋萬世嗎，就算把一百個人都做成世界主機也不可能啦……」

一開始看見阿克雷的計畫，也不能說是嗤之以鼻，只是有種感覺，這些腦袋太好的人果然都是吃飽撐著，才會想到這種正常人根本不會想要去做的事情。什麼將自己做成世界主機，將子孫當作替換軀殼，以此永久監控世界。

或許一開始有可能，但長久之後，必定會有人跳出來爭取新的「自由」。某方面而言，阿克雷的想法經過若干年後，就會成爲新的「牢籠」。人們在「活神」的掌控之下，按照超級系統的規程發展並生活，接著他們就會開始思考要如何跳脫「囚籠」，擺脫這種被神監禁的世界。

更進一步，將會變成「弒神」行動，把這種世界系統從人類社會中拔除，以求眞正的自由發展。

不管阿克雷做了多少預設防範，他的下場最終都不會改變——因爲種種理由被殺害。

「太過成功的人下場都不會很好的。」少年看著手上薄得好像會被風吹碎一樣脆弱的花瓣，有點感嘆。「啊，不過太倒楣的人下場也很慘，像妳差不多就是這樣，當初帶妳族人老老實實和我們一起走，不用管什麼新世界，搞不好你們本來會過得很好。」

人形沒什麼表情，只是默默搖了頭，似乎是在說再給一次機會她還是會選擇與那傳說中的神在一起。

少年反過手，花朵消失在掌心之中。

「第一家族，說穿了其實也是特殊能力者的一種實驗品而已。這個新世界的發展不也

如此嗎，基因科技進步之後便開始無窮無盡地改造人體，很快地，未來就會出現新的『第一家族』，他們也會循著自己發現的祕密製作生命核心，仿造靈魂壓縮，讓自己能夠再次重生。」

人啊，馬上又會成爲另外一種種族，幾百年不會死，還賦予自己各式各樣的異能，接著被稱爲「神」，運氣好一點的會去別的落後世界作威作福，最後世界時間到了，又紛紛殞落。

「哎，也不是只有人，滿多物種都會幹這種事情的，想當年那個飛碟都流行了多久，後來逮到不過就那麼一回事。」

少年猛地一頓，回過神，看見紅光盯著自己，他勾起唇。「嘛，反正再怎樣呢，也已經都與妳無關了。」

沒錯，不管世界再怎麼發展，也都已經和過去的人沒有任何關係了。

少女緩緩開口：「那一切就拜託您了。」

她最後看了眼這個世界，曾經多麼期待的新世界，卻又給她那麼多傷害的新世界，然後閉上眼，不再留戀。

□

火焰在空氣中燃出一個小圈，將附近的黑暗驅逐了些。

紅髮的男孩與白髮的孩子從空氣中走出來。

「阿書，我們已經把那些屍體都埋好了。」男孩稍稍揮了下手，那些火焰分裂成多股，都拳頭般大小，飛往四周像是燈一樣，照亮他們的所在地。

到處都是浮空城的殘跡，仔細一看，地上還瀰漫著一層紫黑色的霧氣，幾乎掩蓋了腳踝，差不多飄高到半個小腿的高度，濁氣中也帶著點黏稠的毒素。

這一帶的空氣仍舊呈現鐵灰色，污染度非常高，不過依照現在的淨化科技，估計再過個兩、三天，人類就可以來去自如了。

「嗯，人死了還是埋起來好，省得又把那些屍體拿去搞些有的沒有的。」少年點點頭，從白髮孩子手上接過拳頭般大小的機骸，上面還殘留一絲掙扎般的流光，似乎依然很不甘心就這麼被掐死。「這可以修嗎？」

「如果不借助外力，我們自己修復的話……」孩子停頓了下，謹慎地修改主詞。「我自己修復的話，可能要花上很久一段時間，幾年跑不掉。」更別說裡頭還有龐大的程式庫與能源載體。他看了眼另外兩名不怎麼可靠的夥伴，深深覺得修復之路的漫長。

「反正有多少修多少吧，修不好就算了，當打發時間。」少年把小球遞還給對方，「『他』是一定會醒的，到時候看他自己要怎麼處理吧。」

「他一定會醒嗎？」正在玩著腳下黑黑霧氣的男孩挺起身，拍掉髒污。「好多人都沒醒，好多人醒了又睡回去，他都壞得這麼厲害，還會想醒嗎？」

「如果有一天你又壞了，我還在，你會不會醒。」少年笑了一下，用的不是詢問句。因爲很久很久以前，這件事情就發生過了。

當他修復花朵並加諸於足以對衝的生命能量之後，某人幾乎是迫不及待地第一時間蹦起來。

「當然會！」男孩拍拍少年的手臂，「當哥哥的要保護弟弟，才不會讓別人欺負你。」

「嗯，那就對了，所以他一定會醒。」少年有點出神地望了附近跳動的火焰，然後收回目光。「他捨不得，而且未來還有大好的人生等著他，不醒是笨蛋。」

當時，湖水綠眼睛的孩子在他們面前嚥下最後一口氣，他的眼神很留戀，不管是身邊極力想要抱著他的青年，或是早已先行離開的幾個人，他都捨不得。雖然他沒有說出口，不過他最後確實掙扎了，從想要安安靜靜一個人離開，到對這個決定反悔，拖著步伐也想要離開的時候，少年就知道這孩子放不下身邊那些吵鬧的人們。

所以他不自覺便多事了點，接管了調魂最後的一絲支撐，抓住大白兔裡即將灰飛煙滅的靈魂——這對他來說很容易，保全那個魂魄，讓那動物系的青年昏睡過去後送離浮空城；又多事地收拾了下風系能力者身上過多的能量衝擊。

接著在浮空城掉落後，收走存放在原母艦中大量保存的屍體，不管是還有生機的活體植物人，或是早就成為白骨一片的無名屍體，能帶的全都帶走，埋入地底最深處，讓人類再也找不到這些早該入土為安的祖先們。

不然誰知道他們會拿這些隨時可以使用的半活身體幹什麼。

只是這其中，他留下了最貴重的那具屍體，動了點手腳幫他換個腦，塞個靈魂。有些善後還是必須要這個身體與那孩子去收拾，反正到時候他們也曉得該如何處理。

少年想著，這也算是他很大的介入了吧。

人們對他們三個一直有很深的誤解。

他們壓根不是什麼「神」，也不是創造神蹟的「先知」。他們只是來自同一個地方，提前離開世界到各處漫遊的旅行者而已。

總有一天，人類也會如他們一樣穿梭在宇宙星系，被其他地方的種族崇拜爲神，或魔。

世界軌跡如此相似，終始不變。

「出來吧。」少年輕輕地開口。腳下土地微微震動，一對沙土凝結的獅子從深淵中走出，慵懶地伸直了懶腰，甩著尾巴走到他身邊。

濃稠的毒氣以三人爲中心被驅散，讓出一個乾淨空間。

接著，一個、兩個、三個……無數小光點從地面飄出，毫無重力地在空中懸浮半晌，有些逐漸拉長成人形的模樣，直到密密麻麻的人群滿滿地圍繞出一大圈。裡頭有些人影相當模糊，有些帶點人形，有的可以看出面貌，有的則是空白一片。

「很多都是思念殘留，不是本人。」白髮的孩子低聲開口：「大部分都『重新回去』了」。

「嗯，看來大多數都放心不下，很快就循著生命軌道又去降生了。」其實人類追尋永生不死某方面來說也有點可笑。固定型態的能量體終有一天會崩潰，然而也總有一天會重新儲存足夠能量，再次穿越時空降生於各個世界，雖然在過程中所有記憶與意識都會消散並重組，成爲一個新的個體。

這就是被某些人冠以「輪迴」的世界生滅循環方式。

在這過程中，有些執念過重的，就會留下一點意念存在世界，或許哪天就會有像他們這樣無聊的人來讀取這些很容易湮滅的殘留思念。

「你要幫他找回這麼多記憶嗎？」白髮孩子環顧周圍各種人影，微微皺起眉。

「加減收一點吧，反正到時候跟他說是他自己身上留的，省得解釋。」少年懶洋洋地回答。省得解釋以外，也省得那孩子又幹什麼傻事想要來找回這些人，不管是還存在的或是只剩下念想的。

不過仔細掃了一下，其實很多殘存念想的主人，根本已經回到他身邊了嘛……

剩下的一點人大多都是生命能量還不足，在沉睡中被喚醒的。

「好了，天亮前，你們可以告訴我你們想要帶給他的回憶。」少年挑揀了一張浮空城裡翻出來的沙發，彈掉上面的灰土，舒舒服服地坐下來，兩隻獅子就趴在他腳邊，如同護衛。「有恨的不帶，想報仇的不帶，想要借屍還魂的自己縮回去躺著，本人沒這業務。」

人啊，還是記得開心的事情就好。

哪怕記憶裡那些主角們早已不在。

「啊，對了，開口之前我可以先告訴你們。」

「他現在過得很好，未來會過得很開心。」

雖然天還未亮，不過少年相信，這些記憶將會是那少年往後未來，不會愧對自己人生的一道曙光。

有了這些基石，那湖水綠的孩子應該不會再那麼陰鬱了吧。

□

過了許多年後，黑島之難的傷痛逐漸在人們記憶中淡去。

又過了另一個十年，災後出生的孩子們終於成了新一代掌控世界的大人們，凱達斯特新星的人口數與經濟完全穩定下來，科技也日漸飛速發展。

很快地，當年第一家族殘留的科技再次被有條件地開放，衛星武器於聯合國大會中確認被完全封鎖，七大星區與自治區、自由之風、蒼龍谷等等地區，首次組成共同聯盟，設立了世界發展合作圖表。

不過於快速推進科技，加寬綠色自然發展的空間，推行所謂的樂活生命。

可能這之後經過了百年，世界將會重蹈覆轍，某個野心家又會推翻這個共同公約，熄滅的戰火會再燃燒於不同的土地上……

「人哪，不可能滿足於這種和平的。」

某天，第六星區的一間小酒館中，端著盤子的青年聽見了邊上小桌的人們討論著最新話題。「你們看，現在是因爲二十幾年前那個黑島毀滅了世界，才讓人類嚇到，暫時團結和平，再過個二十年、五十年，人就會忘記這種痛了。你孫子搞不好都感受不到你這爺爺當初有多痛，反正人家長大了，世界輪到他們當家，他還管你誰是誰呢。」

「對啊，不管怎麼說，我們也是小老百姓，反正再過一百年，一樣都繼續混口飯吃啦。」

「欸，別太悲觀啦，你想想二十幾年前那事情還是處刑者那些人擺平的，殺了惡神什麼的，以後眞要是又天下大亂，那些人一定還會出來啦。」

「說到這個，我兒子一直吵著要移民來第六星區，不然第七星區也好。那小子是兔俠的迷，還說想娶瑞比特——媽的！瑞比特二十幾年前就存在了，都可以當他媽了！那死孩子想氣死老子！」

「別說了，我女兒上個月還從她老公的資料庫翻出一堆瑞比特照片……喔，還有個頭腦，好像叫加卡洛普什麼的，那個頭腦眞的很美，如果不是我老婆會燒我的收藏，我也想收個一張，聽說很罕見，還是個湖水綠。」

「對對，那個頭腦眞的美，兔俠組織都是美女啊。」

幾個閒談的人開始流了一會兒口水。

「不過月神也很美。」

「現在很多合法能力者都很漂亮啦，不過最頂級的還是她們三個吧，看多久都不膩啊。」

「唉，如果幾百年後世界又大亂，到時候這些美女們也不在了，不知道會換成怎樣的能力者去救世界。」

一邊的青年終於忍不住笑了一下，走過去幫幾個人重新裝滿水壺，再擺到桌上，閒聊般地說道：「不管幾百年過去，只要人們有難，我相信處刑者總是會出現的。」

「嘿！你也是處刑者派的！乾一杯！」

鄰桌的人吆喝了聲，舉起杯子。

「敬處刑者。」

「我們還能活著看到陽光，多虧他們那時候打敗惡神啊。」

「還要敬其他能力者。」

「敬大災難中所有挺身而出的人。」

附近的人紛紛響應，乾杯的酒水濺了一地，滿室充滿濃濃自釀酒的香氣，還有人們開朗說笑的吵鬧聲音。

就在這一刻，小酒館的門被推開，繫在上頭的鈴鐺響動，一束光跟著射了進來，照亮了帶著朝氣的年輕面孔，然後那雖然矮小，依然很有活力的人喊道：「海特爾！我們來玩了！蝦子！預定的蝦子大餐！」

歲月似乎不曾在某些人身上留下痕跡。

金髮的男孩開朗地笑著，肩膀擦過那些討論著處刑者的酒客，拉著身後的黑髮少年，蹦上爲他們留的熟悉的吧台專屬位子。

「小茆他們等等也會過來喔！波塞特的船回來沒？不是說今天和沙維斯他們同船回來嗎？」

端著盤子的青年——小酒館的年輕老闆，帶著數十年如一日的溫柔微笑，走回了吧台後方。「快了，剛剛收到消息，正進入內海，估計很快就到。」

「太好了，好久沒看到其他人。」

金髮男孩開開心心地笑著，然後拉拉身邊的夥伴。「對吧！」

「嗯。」少年淡淡地點點頭，勾起笑容。

那時小酒館的老闆腦海中浮現出很多很多年前，當他們第一次來到這小酒館時的畫面。

過去的事宛若一幅幅色彩鮮明的圖畫不斷繪製出來。

從家裡到實驗室，從實驗室到黑島，從黑島又回家，然後經歷了許多不一樣的事情，有些好、有些壞。

日升日落，正邪不斷更替。

坐在那邊的人們嘻嘻哈哈地說笑玩鬧，再往後，是酒客們放心喝酒吃飯的畫面。

於是他想，這世界總有一天還是會再經歷戰火的，就像那些人們口中說的一樣。

只是，戰火裡總是會有那麼些人帶著心中的希望之火，將火焰分散到世界各地。或許為了自己，或許為了亡靈，或許為了正義，或許只為了報酬……

黑夜不會永無止境，如同古代人類們渡過漫長星河，以為黑暗將會是永恆，直到利刃貫穿了黑色，捅開了一線光明。

像是漫漫長夜過後，自幽暗中落下的相反色澤。

與神同名，與希望並齊，人們將之稱為——曙光。

〈曙光〉完

▼後記

又是一個完結的到來。

首先先感謝參與製作本書的所有人員，從出版社至編輯、畫者、經銷等等諸位，長期以來感謝大家的幫忙，讓書本得以順利地直到完結，並送到所有讀者手上。

多謝編輯等人員包涵我經常性地拖稿，然後大家一起抱著爆炸。

特別感謝畫家Roo老師替每一本《兔俠》書寶寶繪製漂亮的封面與插圖，希望您的身體能健健康康的，繼續幫更多書本繪圖，在此敬祝早日康復。也謝謝紅麟老師在死線的前夕接下了最終篇的繪製，兩位老師的用心讓這個故事更添加漂亮的靈魂了，十分感謝。

《兔俠》這個故事，原本打算寫的是一個短篇，故事時間設定在地球的交替時間到來之後，進入毀滅期，人們因此離開母星，四散前往各個新世界的發展。

眼尖的老讀者也應該都發現這是哪一篇故事的「地球」後續的故事了（笑）。

其實在故事的一開始就已經埋入這個線索，不過爲了不讓「神」太過於搶鏡，所以他們也是潛伏到最後才來插個花，未來又要旅行到哪邊去也還不一定，說不定偶然在某個地方，又會看見這組兄弟們正在哪邊閒蕩了。

回歸正題。

最原始的《兔俠》設定是個奇怪的大叔兔與熱血少年的相遇，然後在經歷磨練之後成爲搭檔征服世……其實是個成爲搭檔行善救濟的故事。

然而正式思考大綱之後，這個原始設定很歡樂地就一去不復返了，直接奔騰十萬八千里，連屁股都沒看到。

熱血少年沒有拯救世界，他拯救了弟弟，然後弟弟打算事件結束後兩手一攤、擔子一丟，管其他人去死；雖然最後並沒有，他們還是開開心心地去行俠仗義了，未來應該也會這樣一起繼續打打鬧鬧地走下去。

隨著開始構思大綱，越來越多人出現在這其中，越來越多屬於他們的故事也都跟著想要寫出來，直到最後成就了現在這樣的結構。

最早的「兔俠」指的是兔俠組織中的「大白兔」，他一開始也確實都是獨來獨往，唯一的夥伴是自己的小女兒。而後，得到了夥伴，被捲入黑島與各家族遺留的紛爭和事故。

故事的結尾，「兔俠」指的是兩個組織構成的「小白兔軍團」、「瑞比特」，作爲新一代的交替，而且也擁有了龐大的後援指揮和能力者聯盟，往後也會朝著每個人選擇的道路去幫忙更多祈禱光芒的人吧。

希望大家都喜歡這次的故事，謝謝手上有這本書的您長久以來的支持，也祝諸位身體健康、平安喜樂，每天都開開心心。

故事就到這邊結束了，不過新的故事也即將開始。

那我們就在新的故事中再見囉。

護玄

2019/6/13

恭賀《兔俠》完結！

謝謝《兔俠》以及大家長久以來的陪伴，
只遺憾未能一起畢業QQ
願祝護玄老師靈感、創作不斷，
大家都身體健康、心想事成^^

by Roo

國家圖書館出版品預行編目資料

兔俠.卷10 [完] / 護玄 著.
——初版.——台北市：蓋亞文化，2019.07
面；公分. ——（悅讀館 ；RE310）

ISBN 978-986-319-410-1（平裝）

863.57 108008934

悅讀館 RE310

兔俠 vol.10 最後的沉眠 [完]

作　　者　護玄
插　　畫　紅麟 / 人設插畫　Roo
封面設計　莊謹銘
主　　編　黃致雲
總 編 輯　沈育如
發 行 人　陳常智
出 版 社　蓋亞文化有限公司
地址：台北市103承德路二段75巷35號1樓
電話：02-2558-5438　傳眞：02-2558-5439
電子信箱：gaea@gaeabooks.com.tw
投稿信箱：editor@gaeabooks.com.tw
郵撥帳號 19769541　戶名：蓋亞文化有限公司
法律顧問　宇達經貿法律事務所
總 經 銷　聯合發行股份有限公司
地址：新北市新店區寶橋路二三五巷六弄六號二樓
電話：02-2917-8022　傳眞：02-2915-6275
港澳地區　一代匯集
地址：九龍旺角塘尾道64號龍駒企業大廈10樓B&D室
電話：+852-2783-8102　傳眞：+852-2396-0050
初版一刷　2019年7月
定　　價　新台幣 240 元
Published and printed in Taiwan

ISBN 978-986-319-410-1

RE310
GAEA

兔俠 vol.10 [完]

蓋亞文化 讀者迴響

感謝您在茫茫書海中選擇了蓋亞，您的支持是我們最大的動力。
不要缺席喔，讓我們一起乘著夢想的羽翼，穿越時空遨遊天地！

姓名： 性別：□男□女 出生日期： 年 月 日
聯絡電話： 手機：
學歷：□小學□國中□高中□大學□研究所 職業：
E-mail： （請正確填寫）
通訊地址：□□□
本書購自： 縣市 書店
何處得知本書消息：□逛書店□親友推薦□DM廣告□網路□雜誌報導
是否購買過蓋亞其他書籍：□是，書名： □否，首次購買
購買本書的動機是：□封面很吸引人□書名取得很讚□喜歡作者□價格便宜 □其他
是否參加過蓋亞所舉辦的活動： □有，參加過 場 □無，因爲
喜歡出版社製作什麼樣的贈品： □書卡□文具用品□衣服□作者簽名□海報□無所謂□其他：
您對本書的意見： ◎內容／□滿意□尙可□待改進 ◎編輯／□滿意□尙可□待改進 ◎封面設計／□滿意□尙可□待改進 ◎定價／□滿意□尙可□待改進
推薦好友，讓他們一起分享出版訊息，享有購書優惠 1.姓名： e-mail： 2.姓名： e-mail：
其他建議：

廣告回信 郵資免付
台北郵局登記證
台北廣字第675號

Gaea

Gaea